瀬戸内寂聴

少女小説集

青い花

小学館の資料室にて29歳ごろ

瀬戸内寂聴

少女小説集

青い花

小学館

目次

少年少女向けに書かれた作品のため、初出では、難しい言葉が平仮名で表記されています。その中で特に、現在ではあまり使われなくなり、そのままだと意味がわかりにくい言葉については、著者の了解のもと、漢字に直してふりがなを入れました。

書き下ろし以外の作品は、小学館の児童向け雑誌のルールに従って、会話文の末尾に句点を入れています。作品の一部に、現在では差別的として使用していない表現や用語がありますが、執筆当時の社会や時代背景を映したものであり、これを正しく伝えるため、初出のままとしました。

装幀・本文デザイン／今井悦子（ＭＥＴ）

青い花

『少女世界』（富国出版社）
昭和25（1950）年12月号

おなつかしい牧《まき》先生、

もうすでに御結婚なさった先生を、昔のお名前でお呼びかけします失礼をおゆるし下さいませ。

思いきって、今日こそ先生にお便りさしあげようとペンをとりましたら、あふれるおなつかしさが先だって口をついて出るのは、牧先生という、あの当時のお名前です。

牧先生、今日こそは何もかもお話申上げとうございます。先生の御幸福なおいそがしいお時間を、ほんのしばらく典子《のりこ》におかし下さって、お耳をかして下さいませ。

牧先生、先生にお別れして、はや十ヵ月あまりの日がすぎてしまいました。

そして、佐野《さの》由利子《ゆりこ》さんが亡くなってからは、一年の歳月が——。

今日は、由利子さんの一周忌のご命日にあたっています。わたくしはさっき、由利子さんのお墓におまいりして帰ったばかりなのです。

先生は思い出して下さいますでしょうか、あの由利子さんの亡くなられる前後からの、私の異常な急変ぶりを――。

あれは、たしか、先生がおやめになる前日。わたくしは音楽室に忘れて来た譜本のことを思い出し、途中から引きかえして学校に帰りました。もうみんな帰ってしまってしいんとした廊下の角で、ばったり、先生にお会いしてしまったのです。

あわてて目を伏せて、先生の側をすりぬけて行こうとするわたくしの肩に、先生のやわらかなお手が、つとかけられました。

「須藤《すどう》さん、どうかなすったの、この間から一度お話したいと思ってましたのよ、今、いそがないのでしょう。」

先生はそうおっしゃると、すっと横の化学教室に入ってゆかれるのです。わたくしは、おびえたようにそこに立ちすくんでしまいましたけれど、さあ、というようにふりかえられた先生の深いお目の色をみたとたん、ふらふらと夢中で先生の後にしたがってしまいました。

「須藤さんは近頃、どこかお身体が悪いんじゃなくて？」

あわてて、わたくしははげしく首をふりました。

「そう、それならいいけど。でもずいぶん近頃あなたは変りましたよ、元気がなくなったし、何か以前とすっかりちがうのね。そのうち、何かきっとあなたはお話して下さると待ってたんだけど――。」

「いいえ。」

わたくしは先生の美しい表情がただもうまぶしくて、先生のお言葉を否定しながら、今にも泣き出しそうな顔をしていたにちがいありません。

「佐野さんが亡くなってから、急に元気なくしたようね、あんないい仲よしだったんだし、あなたの淋しい気持はよくわかるけど、それでそんなに打くだかれてちゃ、大人になって、いろんなつらいことに堪えてゆかれないことよ。」

わたくしはとうとう、わっと、先生のおひざにうつぶして泣き出してしまいました。ウールの紺のスーツの下に、先生のあたたかな、やわらかな体温が感じられると、わたくしはよけいにかなしさがまして、子供のように泣きじゃくるばかりでした。

「聞いていただきたいことがあるんです、でも、まだ……。」

「まだ？　どうして？　お話できないの？」

「……お手紙に書きます。」

そうお約束したっきり、今まで、わたくしは先生に、お葉書一通出そうとはしなかったのです。

この一年、本当に苦しゅうございました。どうにかして、わたくしの心の深い深いところに犯したおそろしい罪をつぐないたいと、そればっかり考えて参りました。罪！　なんというくらい、かなしいひびきのこもった言葉でしょう。そして、とうとう二カ月前、校医の島先生は、わたくしに軽い神経衰弱という病名をおつけになり、休学をお命じになりました。

本当にわたくしは神経衰弱だったのでしょうか？　でも病気のなおった今、先生にこうしてお話できる勇気の出て来たことが、うれしゅうございます。

由利子さんが、九州から東京のわたくし達の学校に転入して来たのは、二年生の一学期、一昨年のことでした。リーダーをしていたわたくしが教員室にゆきますと、

「この方が佐野由利子さん。今日からあなた達のクラスにお入りになります。こちら、クラスリーダーの、須藤典子さん。須藤さんは佐野さんがおなれになるまでお世話してあげて下さいね。」

と担任の牧先生は引合わされたのでした。

わたくしと由利子さんは、「どうぞよろしく。」とご挨拶した瞬間、もうすっかりお互いに好きになってしまったのでした。

由利子さんは色の白い水蜜桃みたいなやわらかなほっぺたに、小指の先で軽くつっついたような浅い片えくぼを右頬に浮べていました。目も眉も口も、それにふさわしく、ほのぼのと匂うような感じが、パステル画の少女のように思えました。そばに近よっただけで、何だかこちらの気持がほっとするようなあたたかさが、由利子さんの全身からにじみ出していました。

一週間もたった頃には、もうだれも、由利子さんがつい最近転入して来た人だった事をわすれきってしまう程、クラスの空気にとけこみ、みんなに好かれていました。何事にもひかえ目でおとなしいけれどどの学科もよくできることや、特に図画は最初の写生の時に、学校一だと先生から折紙をつけられるほどの才能のあることなどから、尊敬までも集めてしまいました。

わたくしと由利子さんは外から受ける感じから性質から、何もかもまるで反対でした。それだからこそ、お互いに自分にないものを認めあって、なつかしがるのでしょうか、不思議なほど、気持がぴったり合うのでした。二人は何をえらぶ場合にも意見の相違を見たことがありませんでした。この好みの似たところが、後で、あんなかなしいできごとの原因になろうとは、その当時、わたくしも由利子さんも、思ってもみなかったことでしたのに——。

わたくし達は間もなく二人だけの秘密を持ちました。それがあの「夢への招待」となったのです。

先生はまだ、あのことをおぼえていらして下さいますでしょうか。

わたくしは一生けんめい物語や詩を書きためました。由利子さんはそれに、次から次へかわいい少女のさし絵や、花の姿など書いてくれました。誰にもないしょで、こっそり、そんな作品のできてゆくのが、どんなに楽しみだったでしょう。未来の女流作家――未来の女流画家・・・わたくし達の夢はあかるく、はてしなくひろがってゆくのでした。

おしまいにわたくしたちは、二人の住むアトリエと書斎の二間しかない、かわいい家の設計まではじめました。カーテンの色や飾り棚の位置などにばかり熱中するわたくしの後から、由利子さんはトイレットや台所を忘れずに書き入れていったものでした。わたくし達は一ぱいたまった作品をきれいにとじ合せ、由利子さんが一番力をいれて、蝶の一ぱいとんだ美しい表紙を描き、わたくしはさんざん頭をしぼった末、「夢への招待」という名前をそれにつけたのでした。

すばらしい労作。満足とほこり。そして幸福――見栄坊《みえぼう》のわたくしは、誰かにそれを見せたくってならなくなりました。

「ねえ、二人だけでみるの、惜しいみたいじゃない？」

「ええ、そうね、あたしも今、そう思ったところだったの。」

「そう、じゃみせるとしたら誰にみせる?」

由利子さんはその時、ちょっとつばをのみこむようにして長いまつげをぱちぱちさせると、

「牧先生。」

と、いったのです。その時、わたしは思わずおなかの中であっと、叫び声をあげました。誰かにみせたいと由利子さんにいった時、わたくしの心の中には、ちゃんともう、牧先生のお姿が浮んでいたからなのです。そのくせ、わたくしは、

「そうねえ、牧先生でもいいけど——。」

と、いたってあいまいな、何だか不そくらしい返事を、自分でも思いがけなくしていたのです。由利子さんはそれっきり二度と先生のお名前をいいませんでした。「夢への招待」が先生のお机の上にこっそりおかれるまでには、こういうわけがあったのでした。

・・・

——二度とかえらぬ少女の日の、きよらかな夢への御招待、とてもうれしくおうけしました。ありがとう。

お二人の友情をいよいよ美しく花さかせて下さるよう——

御招待のお礼までにこの御本を。・・・

牧——

わたくしはハンスカロッサの『幼年時代』を、由利子さんは『ゴッホの手紙』をいただいて、どんなにおどりあがって喜んだことでしょう。本は二冊でしたけれど、でも、先生の御手紙は二人に一通。困りきったわたくしたちは、一週間交替で、先生のお手紙を持ちあうことにきめて、やっとその問題は落つきました。

そうなのです。その頃からわたくしの心の中に、意地悪い小人が一匹、しのびこんでしまったのです。我がままで欲ばりのわたくしは、先生も由利子さんも、二人共、わたくし一人だけにむすびつけておきたかったのです。
そんな頃の先生の作文の時間でした。
わたくしの作文の後で、由利子さんの『雨』という作文がよみあげられました。いつも作者の名前は読まれないことになっていたのですけれど、わたくしには、それが由利子さんのだとすぐわかってしまいました。そんな、あたたかな目で、雨だれの一滴一滴をながめとらえられるのは、由利子さん以外にないと思ったのです。はたして、二列へだてたななめ横の由利子さんの類は、ぽうっと上気して、はずかしそうにうつむいているのです。

「この作者のナイーヴ（素直）な眼がとてもきれいだと思いますのよ。あたたかなすなおな人柄が文章ににじみ出ていますね。結局、文章は人間なんです。手で書くのじゃなくって、心で書きましょう。」

先生のご批評をうかがっているうちに、わたくしの胸の中の悪い小人は、不意にピョンピョンとあばれ出しました。技巧がかっていると批評された自分の作文が、由利子さんの作文の引立役を買わされたみたいな、ひがみ根性に、顔がひきつってゆくのが自分にもわかるのでした。その日一日、わたくしは、むっつりとふさぎこんでしまいました。

わたくしは由利子さんが誰よりも好きだったし、牧先生を誰よりも、お慕いしていたはずです。それなのに……。

由利子さんが来て一年ほどたちました。

わたくし達はお天気のいい日曜日のハイキングを思いたちました。

その日は申し分ない快晴で、人影もないS山の山径《やまみち》には、おいしい空気がすがすがしく流れ、さわやかな新緑のみどりの中に、ひなびた山家の庭にさいた梨の花が、目にしみる白さでした。行手行手《ゆくてゆくて》の林の中にうぐいすが鳴いていました。山が深くなるにつれ、あれが春蘭《しゅんらん》、あれが、もみの木、あれは何の草と、由利子さんはいろんな植物の名をあげるのです。

「すごい植物学者ね。」

「山が好きだからよ。」

二重唱したり、お菓子をたべたり、何をしても、心楽しく、つかれもおぼえませんでした。それでも、帰り途はさすがにつかれが出て来たのか、由利子さんよりもわたくしの方が、どうかすると口数が少くなってしまうのです。負けずぎらいのわたくしは、それを由利子さんに感づかれまいと、ことさら元気らしくしてみせていました。

「ちょっと、待って。」

由利子さんがそういって突然立ちどまると、「ほら、あの花、何てかわいいんでしょう、でもあたし、あの名前はしらないわ、ほしいわ。」

と指さすのです。

そこには清らかな渓川《たにがわ》が、急な崖の底に流れていました。その水際に近く、るり色の小さな花が一かたまりだけ、むれ咲いているのです。木かげにさえぎられ、陽もあまりとどかないうす暗い渓底《たにぞこ》の中に、そこだけ、ぼぅっと、灯がともったような花あかりにうき立ってみえるのでした。

「ほんとに、何てかわいいんだろう。」

「ね、とりたいの、手伝ってね、一人じゃ無理かもしれない、崖がとても急でしょう。」

「とったところで、どうせうちまでにしおれちゃうわよ。」

つかれていらいらしていた上に、こまやかな気持のとぼしいわたくしには、由利子さんの、その花をほしがる気持についてゆけないものがありました。

「でも、ほしいのよ、それにおしばなにして、牧先生におみやげにしたいわ。」

由利子さんの最後の一言に、わたくしは、また例の悪い小人が胸の中でビクッととび上ったのをおぼえました。でも、由利子さんは、もう片足を崖にかけて、注意深く腰を沈めているのです。

いつでも、わたくしの意見通りにおとなしくうなずいている由利子さんが、こんなに強くなるのも、牧先生へのためだったのかと思うと、わたくしはねたましさにかなしい程いらいらしてきて、

「取りたきゃ一人でおとんなさい。」

つめたくいいはなってさっさとそこをはなれてしまいました。一二町先に行って、待っても待っても由利子さんが来ないので、急に心配になり、引かえしてみましたら、とうとうつみとった青い花を、大切に持ったため、片手がきかなくなって、崖の途中の岩かどに片手をかけたまま、ひきもすすみもできずにいる由利子さんを見出しました。

「花、すてちゃいなさいよ、落っこちても知らないわよ。」

つっけんどんに私はいいました。

「手をひっぱってちょうだい、ね、もう一息なんですもの。」

ひたいにあぶら汗をいっぱいためた由利子さんのせつなさうな顔をみると、さすがのわたくしの意地悪もとけてしまって、あわてて、そこに腹ばうと、力いっぱい、由利子さんをひき上げてやりました。

「ばかねえ。」

「ごめんなさい、典子さん来てくれなきゃあ、どうなるかと思ったわ、でも、きっときて下さると思ってたの。」

それでも花をすてるとこだったといわないのが、何だか妙にわたくしの気持をこじらしてしまいました。由利子さんにも、そんなわたくしの気持がうつるのか、それからは無口になり、ずっと、ほとんど話もせずに帰ってしまいました。

その翌日、由利子さんは学校を休みました。一日中、ぽつんとあいた由利子さんの空席が、わたくしの目にうつったとき、はじめて、わたくしは、どんなに由利子さんが私に必要な人だったかを思い知らされた気持でした。終業を待ちかねて、わたくしは青山の由利子さんのおうちをたずねました。焼跡に建った小さなバラックのラジオ屋さん、それが由利子さんとお兄さまの二人のおうちなのです。

ラジオの修理に余念のないお兄さまがわたくしに気づかないのを幸いに、わたくしはそっと足音をしのばせて、裏口にまわり、二間しかないお部屋を窓からのぞきこみました。窓のすぐそばにこちらむきに氷《ひょう》のうをずらせた由利子さんの寝顔がありました。そして枕元には、あの昨日の青い花が、ガラスのコップの中で見事に水をすいあげ、いきいきと清らかな青色にさえかえっているのでした。

わたくしは手をのばして窓からそっと、ずれた氷のうを直すと、足音をしのばせてその場を立ち去りました。わけのわからない涙にかすんだ目に、安らかな由利子さんの寝顔と、青い花がかさなりあってゆれていました。

ふいにわたくしは、やさしさの中におしつつんだ、火のようなはげしいものを、由利子さんの中にみせられたと、思いました。

牧先生、その後の事は先生がごぞんじの通りでございます。その晩、入院した由利子さんは盲腸の手術をして、翌々日にはもう天国にめされてしまったのでした。わたくしと先生がうかがった時には、もうこの世の人ではない、神々しいきよらかさであの人は静かに横たわっていたのです。

「いつも牧先生と、典子さんのおうわさばかりしておりましたのに……。」

そうおっしゃって、お兄さまが太い腕で目頭をぬぐわれた時、わたくしはもう自分がわからなくなる程、なきがらにしがみついて泣いておりました。

わたくしがぱったり人間が変ったのはその日からでした。あんなに美しかった二人の友情の最後に、わたくしは自分でも恥しく、みにくい気持にけがされて、心の奥ふかくで由利子さんに意地悪したのだ……。

あのおそろしい急な崖の途中に、とりすがって、先生にさしあげたい青い花をもったまま、ものの五分以上もじっとがまんして苦しさにたえていた由利子さんの気持にくらべて、あの時のわたくしは、どんなににくにくしいはずかしい気持で、由利子さんをつっぱなしたことでしょう。

——花なんかすてちゃえばいいのに——

——きっと来て下さると思ってたの——

わたくしはうなだれて自分の心におかした罪におののきました。神さまはそんなわたくしを罰しようと、由利子さんを天国にめしてしまったのでしょうか、せめて、ごめんなさいと一言いえていたら……。

あの片えくぼでいつもわたくしにほほえみかけてくれた由利子さんのおもかげが光るように美しく思われるにつけ、一日、一日と、わたくしは自分の罪のかげにおびやかされてゆきました。

そんなわたくしが先生のお目にもあまって見えたのでございましょう。

牧先生、

今日は、由利子さんのお兄さまとごいっしょにS山に上り、あの渓川で、青い花をつみとって参りました。うぐいすの声も、山家の梨の花も自然は、何もかもすべてが、由利子さんのありし日のままなのが、なつかしくも、かなしゅうございました。

同封しました花は、その青い花でございます。由利子さんのあの時の気持とともに、どうかおおさめ下さいませ。

渓川の深いるり色をそのままうつしたような、青さなのですけれど、遠い北海道の先生のお手もとにとどきます時は、どんな色にかわっておりますことでしょうか。

長い間、わたくしのざんげをお聞きとどけ下さいましてありがとうございました。先生にこうして何もかも申し上げられるようになったわたくしの強さを、きっと先生も由利子さんの霊も、よろこんで下さると信じます。

Gallery

『女学生の友』昭和28(1953)年9月号
「塔の中のお姫さま」挿絵　林 義雄

おちゃめ三人組事件

『小学六年生』（小学館）
昭和27（1952）年6月号

みなさん、ごきげんよう。さわやかな青葉の季節、絶好のスポーツびよりがつづきますね。今日は、テニスにからんだ、ちょっと風変りな推理問題をご紹介しましょう。五つの場面を幻燈であらわし、解説役はぼく、おなじみの牧三郎《まきさぶろう》がひきうけます。では、画面をどうぞ――。

×　×

ここは、由美子《ゆみこ》さんのへやです。机のまわりにいる三人の少女は、由美子さんやぼくの親友、静子《しずこ》さんと晴江《はるえ》さんと、クラス一お茶目のマリ子《こ》さんです。三人ともおそろいの白いみじかいワンピースのテニス着を着て、手にラケットを持っています。机の上においてあるラケットとみんなと同じテニス着は、由美子さんのでしょう。

マリ子「ね、由美子さんがお使いから帰って来ない間に、わたし、ちょっといたずらしておいてやりたくなったの。あなたたち、絶対秘密守ってくれる？」

静子「また、マリ子さんのお茶目《ちゃめ》さんが。なあに?」
晴江「話によっては手つだってもいいわよ。」
マリ子「だいじょうぶ。細工はりゅうりゅうマリ子にまかせて仕上げをごろうじ、チチンプイプイコロコロピン。」
さて、マリ子さんはなにをしたのでしょう。

由美子「お待ちどう、ごめんなさい。さあ、早く行きましょう。あらっ、わたしのテニス着、どこにいったかしら? たしか、さっきラケットといっしょに、この机の上においておいたのよ。」
マリ子「あら、そうお? 変ね、だって、さっきからわたしたち三人このへやから一歩も出ないし、ねこの子一匹、ここへはいってこなかったのよ。ああら、ふしぎ、まかふしぎ、消えうせたテニス着よいずこ? いよいよ豆《まめ》探《たん》ちゃんのご出馬をねがわなくちゃあ。」

由美子「まあ、いやだ、またマリ子さんのいたずらよ。」
マリ子「これはしたり、由美子姫、全くのエン罪《ざい》でございます。だって、ほら、わたしたち何も持ってないでしょ？　そんなことというまにみんなでさがしましょうよ。」
それから四人で手わけしてへやじゅうひっかきまわしてさがしましたが、もちろんテニス着は影も形もありませんでした。

とうとう由美子さんがあきらめて、三人いっしょにテニスコートへ出かける所へばったりぼくが出くわしたわけです。

マリ子「おやおや、うわさをすれば影とやら、マメタンちゃんがあらわれたわ。三郎さん、事件！　事件！　大事件よ！」

そこで由美子さんが一部始終をぼくに話してくれました。

由美子「おへやは、タンスの中から本箱のうしろ、ヴァイオリンのケースの中からクッションの下までさがしたわ。」
ぼくは由美子さんの説明をききながら、クックッ顔を見合わせて笑っている三人の姿をながめていました。おそろいのテニス着にはポケットもないし手には三人ともラケットだけ。

マリ子「ワーイ、さすがのマメタンちゃんもゆきずまり、事件はいよいよ迷宮いりとござあい。ね、三郎さん、三分以内にテニス着をさがし出してあげたら、わたしちかって、あなたに板チョコ五枚あげるわ。そのかわり、三分以内に出せなかったら、六年生の六月号にマメタン三郎氏はタドン三郎と改名したと発表してよ。」
三郎「よくしゃべるマリ子さんだなあ。ええーと、三人は何も持ってないと——おや、由美子さんとマリ子さん背たけがそっくりだね、晴江さんは一ばんおデブちゃんだし、静子さんは一ばんチビさんだ。」

静子「まあ、失礼な三郎さん！」
三郎「ふっふっふ、さあ、とけた。」
三郎「マリ子さん、約束だったね。まだ二分しかたってないよ。テニス着はぼくみつけたよ。ぼくの手のとどくところだ。さあ板チョコ五枚出した。」

×　×

皆さんもおわかりになりましたか？　ぼくが由美子さんのテニス着をその場で出してみせた時のマリ子さんの顔をみせてあげたかったですね。おかげでぼくはタドン三郎なんてみなさんに発表されなくて助かりました。
ぼくたちはそれからテニスコートにいって晴れた日曜日の午後いっぱい、テニスを楽しみました。さあマリ子さんは由美子さんのテニス着をどこにかくしていたのでしょうか考えてください。

答えは254ページへ

別れによせて

『女学生の友』（小学館）
昭和27（1952）年12月号

1

　そもそも、葉山《はやま》先生にB.C.というニックネームをたてまつった張本人は、ほかならぬ薫《かおる》だったのです。その春の始業式の日、薫の学校には、三人の新任の先生がお見えになりました。数学の田村《たむら》先生、英語の青木《あおき》先生、それに、技芸科を受持ってくださるという葉山先生の三人でした。

　二年にあがったばかりのA組の薫のお教室の入口には、黒いうるし塗りの標札《ひょうさつ》みたいな木札《きふだ》の表に、鮮かな朱《しゅ》うるしで、担任、葉山あいという、新しい先生のお名まえが、もうすでにしるされていましたので、薫のクラスの人たちは、講堂にはいる前から、新しい先生への期待と夢で、楽しく胸をふくらませていたのでした。

　ところがどうでしょう。青木先生も、田村先生も、今春東京の学校をお出になったばかりの、おねえさま、おにいさまとお呼びかけしたいような若々しい先生なのにひきかえ、最後に壇上にお上がりになった葉山先生を見上げたしゅんかん、薫のクラスの人々の面上《めんじょう》はいいあわせたように、さっと曇ってしまったものでした。

なぜって、今どき、どんな山奥の片いなかの中学にだって、こんな古風なよそおいの先生をお見受けするでしょうか。茶色っぽい地味な和服の胸ひくくしめた、鈍鉄色《にぶてついろ》の古風なはかま、そのうえ、ごていねいにも黒紋付のお羽織。小さな、青白いお顔に、いかにも不似合な、重々しい黒ロイドの目がね、その目がねの度のきついためか、性来《せいらい》のお生れつきのせいか、目がねの奥にうかがわれる両の目は、つやのないしょぼしょぼ目、おぐしは、その小さな目のまなじりが、きゅっとつり上がるほどにひきつめた無ぞうささ――ごあいさつの声も細く小さく、薫たち後の方の席のあたりには、何をいってらっしゃるのか聞えても来ないのです。

「ああー、あ、悲《ひ》かんだわあ。」

「やんなっちゃう。げんめつね。」

「一年B組うらやましいわ、青木先生あんなにすてきなんですものぅ。」

薫のまわりには、ぶつくさと不平の声があがりました。その時だったのです。

「まるで、B.C.ね、世紀前よ。」

という言葉が、薫の口をついてふっと、出てしまったのでした。

「B.C.? ウフッ、けっさく!」

お茶目のだれかが、すかさずあいづちをうちました。B.C.とは、ついこの間、社会科の時間にならったばかりの世紀前という略記号です。それをさっそく、先生のニックネームにとりいれるなど、いかにも上級生みたいな感じで、生意気ざかりの薫たちは、得意になるのでした。そうして、その日のうちに葉山先生イコールB.C.は、全校にひろまってしまいました。

2

翌日から、葉山先生は、さすがに紋付のお羽織はぬいで来られましたが、あい変らずの和服、はかま姿のいでたちで登校なさるのでした。

でも、すぐ、生徒たちにはその理由がわかりました。葉山先生の長いはかまのかげには、不自由なびっこの右足がかくされていたのでした。ゆっくりお歩きになる時は、さほど目だたないのですけれど、ちょっと、いそがれると、もう左肩がびくんびくんとおどりあがるようにゆれて、みにくい、目にたつほどのびっこをおひきになられるのでした。

お気の毒な――と思う気持より先に、薫たちは、かってに描いた自分たちの夢が、みごと裏切られた腹立たしさの中から、葉山先生のびっこまでふくめて、なにもかもが、すっかりいやになってしまうのでした。

陰気な、先生のお授業の時間などは、さんざんな有様《ありさま》でした。ぼそぼそと、相変らず、ひくい小さなお声で、いくらお講義なさっても、時には、あまりのことに、少しは高いお声で、弱々しくたしなめられても、みんなはおかまいなしにぶつくさしゃべりあったり、ひどい人は、こっそりお机のかげで、忘れて来た英語の宿題を片づけるといったふうなのでした。一時間に五六度も、ご注意なさったあとなどは葉山先生は見まわりのような様子で、級長の薫のお席の横に来られ、

「榎本《えのもと》さん、静かにさせてくださいな。」

と、ききとりかねるようなお声でおっしゃるようになりました。そして、情《なさけ》ないことに、葉山先生の弱々しいご注意よりは、薫のよくとおる声で、

「みなさん、静かにいたしましょう。」

とどなる方が、一時的にもせよ、ききめがあるといった有様なのでした。

そんなせいばかりでもないでしょうけれど、葉山先生は、そのうち、なんでもかでも、榎本さん、榎本さん、と薫においいつけになるようになりました。

「薫ちゃんは、B.C.のごひいきよ。」

いつのころからか、そんなうわさが、ぱっとクラスじゅうにひろまってしまいました。

「あら、いやだわ。思い出してよ、B.C.の名づけ親があたしだってこと忘れたの?」

薫はそんなうわさを聞くと、むきになって打消しにかかりました。

「だめ、だめ、いくら薫ちゃんがふんがいしたって、事実は事実よ。B.C.の、薫ちゃんを見る目を見てごらんなさあいだ。それに、一にも、え、の、も、と、さん、二にも、え、の、も、と、さん――。」

電波探知機と自称する照子《てるこ》が、葉山先生そっくりの口まねをして、薫を呼ぶので、クラスじゅうは思わず笑ってしまうのでした。

3

照子からいわれるまでもなく、敏感な薫は、そのことをもうとっくに気づかないわけにはゆきませんでした。

技芸の時間、仕事に夢中になっていた目を、ふっとあげると、じいっと、薫にそそがれていたらしい葉山先生の目がねの奥の目に、何度もぶっかかった覚えがありました。

廊下の曲りかどなどで、ふいにばったりゆきあった時など、薫がどぎまぎしてしまうほど、葉山先生は、ぱあっと青白いほおに血をのぼらせて、

「まあ、榎本さん!」

と、息をのむようになさり、なにかいいかけたいような目付《めつき》で、一しゅん、じっと、薫の目を見つめられることが度々ありました。

なんとなく気がかりだった葉山先生のそんなそぶりを、みごと、照子たちにいいはやされた恥ずかしさと、みんなからまったく人気のないB.C.のごひいきなんていわれることが、なんだか不名誉にもくやしくも思われて、薫は意地になり、そのころからことごとに葉山先生に反抗的になってしまいました。

わざと、葉山先生の宿題をなまけたり、いいつけられたご用もいいかげんにうっちゃったり、そんなことをしたあとではいつもきまって、いいようのない暗い後悔に胸をかきむしられるのでしたけれど、あやまろうと思って、葉山先生の前に出たとたん、またぱっと気が変って、前にも輪をかけた、いやな態度をとってしまうのでした。

そのくせ、そうした薫にそそがれる葉山先生のまなざしに、日ごとに暗いかなしみの色が濃くなってゆくのを、薫はだれよりもよく知っているのでした。そして、最後にとうとう、もうおわびなどしようもないあの事件がおこってしまったのです。

その日、薫は数人の級友と体育館のそうじ当番が当っていました。がらんどうの体育館のそうじは、棒雑布でふけばいいだけなので、広いわりにいつも早く終ってしまうのでした。そんな時、みんなはバスケットをしたり、スクエアダンスをしたりして、教室のそうじのすむころまで時間つぶしをするのが常でしたけれど、その日は、だれがはじめたのか、先生方やお友だちのくせまねが始まりました。訓話《くんわ》の間にオッホンを連発なさる校長先生のまねをはじめ、一時間に十三度も目がねをふく国語の先生のまねなどにみんなが笑いころげていた時、薫は自分でもわけのわからない気持に押されて、

「ね、それより、これはどう?」

というなり、左の肩をぴくんぴくん上下させ、右足をぎっくりぎっくりびっこをひいてみせ、みんなの驚いている前を、おどけきって歩いてゆきました。

「あら、いやだ、B.C.そっくり。」

「ごひいきのくせに、薫ちゃんたら。」

日ごろはまじめな薫の、ふざけきった演技だけに、見ている級友たちは、おなかをかかえてふき出してしまいました。みんなのはやしたてる声を背中に聞きながら、薫は葉山先生のびっこをまねして歩きだしたとたん、もうぞっとするほど後悔していたのでした。そのくせ、からだは自分のものでないように、ぜんまいじかけの人形みたいに、葉山先生のまねをくりかえすのでし

た。

「薫のばか！　ばか！」

薫はそんな自分に、ふきあげてくるようないきどおりを感じていました。わけのわからない涙が、こわばった薫のほおを伝わりはじめました。その時でした。薫の背後の笑い声が、とつぜん、ぴたり、とやんだのです。

「薫ちゃん！」

だれかの、押し殺したような声が、薫を思わずふりむかせました。

「あっ!!」

と口の中で叫んだまま、薫は、さあっと、全身の血がひいてゆくのを感じました。

体育館の入口に、思いもかけない葉山先生の、陰気な黒っぽい姿が、まるで幽霊のように立っていたではありませんか！　しかもふだんよりはいっそう青白く見えるお顔をまっすぐ薫の上にそそがれたまま――。

瞬間、葉山先生は、くるりと、背をむけて、足早に校舎の方へ去ってゆかれました。いま薫のしてみせた姿そのままに、みにくくゆれる肩を、かなしく上下させながら――。

「ああ――あっ。」

と悲鳴に似た叫び声をあげるなり、薫はまっさおになって、その場にくずおれてしまったのでした。

4

あのいやな日から二カ月ほどたったある日、朝からしぐれた雨の日の陰気な午後の一時間目でした。葉山先生の時間で、薫たちは、新しい手さげをつくるために、布を裁ちかけていました。例によって、がやがやとあちこちで遠慮のないおしゃべりが聞えています。

薫はいらいらして、静かにしましょうと、注意したものかしないものかと思い迷っているうちに、ついと手をすべらせ、たちばさみで左の薬指を傷つけてしまいました。そのはさみは、買ったばかりでしたので、よく切れるとみえ、思いのほかの深い傷のようでした。あまり痛くもないのに、あふれるように血がほとばしり出て、机の上を汚してしまいました。だれかのあわただしい注進《ちゅうしん》で、教壇から葉山先生がとんで来られました。いそいだ時のくせで、先生の左肩はみていられない程みにくく上下にゆれていました。葉山先生は長いはかまのすそをふみしだいて薫の机の横にうずくまるなり、ついと薫の手に口をよせ薬指の傷口からあふれる血を吸いとってくださるのでした。そうしながら、手早く白いハンケチをひきさいて、きりきりと傷口をしばりあげてくださいました。

「医務室で手当しましょう。」

一ことぎっぱりおっしゃると、薫を立たせ、ご自分がつきそってくださるのでした。

先生に肩をだかれているため、いそげばいそぐほど、葉山先生の上半身の波がたのうねりが薫のからだに物悲しく伝わってくるのです。

医務室にはあいにくと、看護婦さんがるすでした。

「まあ、つごうの悪い――。」

葉山先生は口の中でつぶやかれると、ご自身、薬品戸だなから、てきぱきと薬を取り出し、薫の傷の手当をやり直してくださるのでした。

うつむきこんでまっ白いほうたいをまいてくださる葉山先生の、細い手首に、そのとき薫の目からあつい涙のしずくがぽたりとしたたり落ちました。

「まあ、そんなに痛むの?」

「い、いいえ、痛くなんかないんです。わたくし、わたくし、とってもいけなかったんです。先生! ごめんなさい! ゆるしてください。」

こらえかねたように、薫はわっと泣声《なきごえ》をあげると、葉山先生の胸に顔を埋めてしまいました。

5

やさしい葉山先生の手が、泣きじゃくっている薫の背を静かになでてくださいました。

「榎本さん、ありがとう。なんでもないのよ、あんなこと。先生には、あなたの気持がようくわかっておりましたよ。いつか、あなたの気持のとけてくれる日を信じて待っていたんですよ。でも、よかった――お別れの前にこうして心もとけあえて――。」

「えっ？　先生はどうかなさるんですか？」

薫は、はっとして顔をあげました。先生は今まで見たこともないようなやさしい笑顔で薫を見おろしていらっしゃいました。目がねの奥の目が愛情にぬれて口もとにほのぼのと微笑のかげがのぼり……薫はこの時ほど葉山先生を美しいと思ったことはありませんでした。薫は、いつかどこかで今仰《あお》ぎみた葉山先生の笑顔を見たことがあったような気がしてくるのでした。

「ええ、実はね、榎本さん、きょう終礼の時皆さんにお伝えするつもりでしたけれど、わたくしきょうかぎりこの学校をよしますの。」

「まあ、なぜ？　なぜですの？」

「七年前、満州から引揚の途中、はぐれてしまって、別れ別れになった娘の居所が、やっと一昨日わかったのです。娘の美沙子《みさこ》は、私が流弾《りゅうだん》で右足を負傷した夜、やはり高いがけから落ちて頭をうち、大けがをしてしまったのだそうです。その後、さいわい、やさしいお医者さん一家に救われて、その方々につれられ、北海道のその方のおうちで、ずっとお世話になっていたのだそうです。でも、その時の頭の傷のため、一時的記憶そう失症という病気にかかり、以前のことが何も思い出せなかったのです。そのため、いくらわたくしが手をつくしてさがしても今までわからなかったのです。ところが今度、有名な外科の博士が美沙子の手術をしてくださり、その結果がよくて、美沙子はすっかりなおりました。おかげでやっと、わたくしとの連絡もついたというわけなのです。

ね、榎本さん、美沙子は、もう、二十をすぎた人に成人してる筈なんですよ。それがどうでしょう。わたくしには、別れた時分の、ちょうどあなた方くらいの少女の姿しか思いうかばないんですもの――。」

葉山先生は、そっと、着物のそでで涙をぬぐわれました。

「榎本さん、笑わないでくださいな。あなたはね、わたくしの美沙子の少女のころにまるでそっくりでしたの。」

薫は、はじめて聞く葉山先生の身の上話にただもう胸がいっぱいになってくるのでした。

葉山先生が学校をおやめになってから、一カ月ほどすぎたある日、薫たちのクラスあてに一つの小包みがとどきました。北海道の葉山先生から出されたものでした。中からは、黒ビロードの布に、聖母子《せいぼし》の像をみごとにししゅうした壁かけがあらわれました。

「つたなき作なれど　クリスマスの贈り物にもと」

小さなカードには、ただそう記されてありました。

「ああ、マドンナだった！」

薫はその聖母のほのかな微笑をみつめていて、はっと心につぶやきました。

いつか、どこかで見たと思った、医務室で仰いだ葉山先生の美しい微笑――それはラファエロの描いたマドンナの微笑の顔となんと似かよっていたことでしょう。

葉山先生イコールB.C.を、名づけ親の薫がその後マドンナと改めたのを、クラスのだれひとり反対しなかったのも、ふしぎといえばいえましたが……。

青い石

『小学六年生』(小学館)
昭和29(1954)年1月号

その青い石が、ぼくたち、正確にいえば、ぼくと、浩《こう》ちゃんの共有の「たからもの」になったのは、今から七年ほど前の、なんでも春先の、あたたかな日だったとおぼえている。

そのころ、ぼくたちは、毎日、N川の川原におりて、水のぬるんだ川の浅瀬で、えびすくいなどして遊んでいた。

浩ちゃんは疎開して来た東京の子で、ぼくより二つ上だったが、背もぼくくらいしかなく、やせて、ひょろひょろし、白い顔に目ばかり、いつもびっくりしたように、まんまるくしているこどもだった。

村のわんぱくたちは、疎開のこどもたちを仲間はずれにしたがったが、なかでも、浩ちゃんに対しては、いじわるのしかたがひどかった。

「もやあし、もやし、ビリケン頭!」

浩ちゃんの姿をみるなり、どっと、みんなではやしたてる。浩ちゃんが栄養失調で青白く、ひょろひょろしていたのと、頭の形がキューピーのようにとんがったくり頭だったからだ。それに浩ちゃんは疎開組の中でも一番貧乏なのを、ばかにしていたのだろう。浩ちゃんのうちは、荷物なんかほとんどなく、着のみ着のまま、リュウマチのおばあさんとふたりっきりで、村のはずれの太助《たすけ》さんのうちの牛小屋に住んでいたからだ。

浩ちゃんのおとうさんは戦争にいっていて、おかあさんが、東京で働きながら、おばあさんと浩ちゃんを養っていたということだ。一か月に一度か二か月に一度、たずねてくる浩ちゃんのおかあさんは、浩ちゃんによく似たまるい大きな目の、色の白いやさしい人だった。村へくると、かならずぼくのうちへよって、

「浩一《こういち》が、いつもお世話になりまして。」

とあいさつし、ぼくに、東京から持ってきた古い絵本などをおみやげにくれたものだ。

仲間はずれの浩ちゃんは、

「仙《せん》ちゃん、遊ばない？」

と、六つのぼくをさそいにきては、ふたりっきりのとき、にいさんぶれるのが、ほんとうにうれしいことのようだった。ぼくはぼくで、はしかにかかってから、いつでも頭に、ふきでものをいっぱいだしていたので、こどもたちはきたながって、だれも遊んでくれなかったのだ。しかたなく、仲間はずれどうしのふたりは仲よしになっていった。

ぼくたちの遊び場の川下の川原が、村のこどもたちに、いちはやく占領されると、浩ちゃんは、ぼくを少し上流の、人のやって来ない支流の岸につれていった。

その川岸には、あしや雑草が青々としげっていて、ぼくたちが、足をすべりこませると、ひざ

したまでしか、ぬるんだ水はあがってこなかった。

青い石は、その川床《かわどこ》からみつけだしたものだった。

「仙ちゃん、ほら、足のうら、くすぐったいよ。ね、まるい石が、足のうらで、くすくす笑ってるだろう？」

浩ちゃんは、ビリケン頭の首をひっこめ、いかにもくすぐったそうに、水の中で、足ぶみしてみせる。浩ちゃんにそういわれると、ほんとに、足の下で、まるい石たちが、くっくっ笑ってるようで、ぼくは、きゃっきゃっと、身をもんで、くすぐったがるのだった。

「まるいなあ、この石、石けりの石にしようか？」

「うん、石けりの石をさがそう。」

ぼくたちは、相談がまとまると、せっせと、川床からてごろな石をひろいあげてみた。白い石、赤い石、うすねずみ、卵型や四角いのや、きゅうりの形など、取り出すたびに、どの石もおもしろく、ぼくたちは、どれ一つすてる気がしなくなってしまう。でもとうとう、

「わあっ、すごい、ほらほら、仙ちゃん。」

と、浩ちゃんがさけんで、両手にささげたその青い石をみた時は、ぼくも思わず、

「わあっ、まるっこい石だあ！」

と、声をあげてとびあがった。

その石は、直径五センチほどの、ほとんどボールのようにまんまるい形をした、めずらしい石だった。川床の石は、たいてい水にけずられ、かどがけずられてまるいけれど、ひらべったいのがふつうで、こんなに、たて横まんまるの、玉のようなかたちの石は、はじめてだった。

それに、その色の青さ――まるでうちの庭のこけみたいだと、ぼくはあきれて、その石をみまもった。すると、ぼくは、たまらなく、その石がほしくなった。

「おくれ、よう、おくれ！」

ぼくは、浩ちゃんの手にとびつくと、むりやりに、その石をうばいとろうとした。

「いやだ！　これ、ぼくがみつけたんだもの。」

浩ちゃんは、石をにぎりしめた右手をしっかりと胸につけると、左手を前にさしだして、ぼくをよせつけまいとした。

それまで、たいていの場合、浩ちゃんは、年下のぼくににいさんぶって、やさしくしてくれていた。時には、たったひとりの遊び友だちを失うまいとして、おべっからしいほどきげんをとってくれるのだった。そんなあまやかしになれていたぼくは、その時の浩ちゃんの、思いがけないがんこなていこうに、びっくりした。すると、むやみにくやしくなって、何がなんでも、その青い石がほしくなってしまった。

「けちんぼ！　おくれよう！」

ぼくは、だんがんのように、からだ全体で浩ちゃんにとびかかっていった。それより早く、浩ちゃんの左手がぼくの目をはらっていた。

さあ、もう手がつけられない。ぼくは火のついたように泣きわめいた。

「けちんぼ！　けちんぼ！　浩一のもやし、ビリケン頭のけえちんぼ！」

ぼくは、泣き声のあいまあいまに、ありったけのにくまれ口をたたいて走って帰った。もうあんなやつ、遊んでやるもんか――。それでも、今みたあの青い石は、ほしくて、ほしくて、かっかと胸がもえるようだった。

❖　❖

泣きねいりしたぼくが目をさました時、まくら元には、ぼくのおばあさんがひとり、ちょこんとすわって針仕事をしていた。

「目がさめたかえ？」

おばあさんは、まだ半分ねぼけているぼくの手に、なんだかにぎらせてくれた。いつものように、おめざにもらう干芋かと思ってうけとったぼくは、まるいかたい手ざわりに、手をひろげ、あっと、とびおきた。

「おばあ、この石、どうしたん?」

「さっきな、浩ちゃんが、おまえにやってくれ、いうてきたんよ。」

ぼくの手の中には、あの青い石があった。石はひんやりとつめたく、なでれば、指先にすべすべとなめらかだ。

「浩ちゃん、また、いじめられたかなあ。目目《めめ》まっかになきはらしとった。かわいそうになあ、おとなしい子じゃに……。仙よ、なかよくしておあげなあ。」

ぼくは、青い石をにぎりしめた右手をとじたり、開いたりして、いつまでもだまっていた。青い石は、ぼくの手のひらにあたためられて、だんだんあつくなる。はあっと、息をふきかけると、水をかけたように、ぼくの息にぬれて、いよいよ、その青さをました。ズボンのひざで、きゅっきゅっとこすりながら、こうやっていたら、やがて、とんぼの目玉のように光ってくるのではないかしらんなどと思われてくる。舌でちょろりとなめてみると、冷たいだけで味もない。そうやっていじりまわす間にも、ぼくは、その石がますます好きになっていった。

すると、この青い石をひとりじめにしていたい気持よりも、だれかにみせびらかしてじまんしたい気持が強くなった。

源太《げんた》ちゃんなら、ものもいわず、ぼくをつきとばして、青い石をとりあげるだろう。勇《ゆう》ちゃんなら、へっ、こんな石、なんだいと、つばをはくだろう。やっぱり浩ちゃんにみせたい——。そう思うと、はじめて、ぼくは、浩ちゃんがこの石を手ばなした時のつらい気持がこたえてきた。

浩ちゃんは、ぼくがビリケン頭っていったから泣いたのかしらん。ううん、青い石を手ばなすのがつらくて泣いたんだろう。そうまでしてほしい石をがまんして、たったひとりの遊び友だちをなくすまいとする浩ちゃんのさびしさが、ぼくの胸にもじいんとうつってきた。

青い石をにぎりしめたまま、ぼくは、きゅうにわらぞうりをつっかけ、浩ちゃんをさがしにかけだしていた。

その時から、青い石は、ぼくたちふたりの「たからもの」になったのだ。

❖　❖

「だれにも、ないしょだよ。」

浩ちゃんは、ぼくたちの「たからもの」のかくし場所について、くどいほど念をおす。それは青い石をみつけたN川の支流の中ほどで、川岸の一本のはんの木が目じるしだった。はんの木の下の川床の小石をのけ、やわらかい砂をほると、すみきった小川の流れは、そこだけ、もくもくと煙のようにうす茶色の水をふき、それがすぐ流れに洗われて、あとにはぽっかりと、くらい穴があく。

浩ちゃんは、おかあさんのおみやげの、かんづめのあきかんに、青い石をたいせつそうにいれた。ぼくは、かんのなかの青い石がひとりぼっちであんまりさびしそうにみえたので、ポケットから、たいせつなびい玉《だま》や、みがきこんだとちの実をだして、仲間にいれてやった。ぼくたちの青い石は、こうして、おごそかに川の底にしずめられた。その上に砂をかぶせ、小石をもとどおりにおいた。ぼくたちは、いっしょうけんめいの作業に上気した顔をみあわせ、ぼくたちだけにわかる、うれしい笑い方をした。

「ないしょだよ。」

浩ちゃんが、もう一度ぼくの耳にささやいた。こうしておけば、百日たったら、青い石はダイヤモンドみたいにピカピカ光る石になっているんだそうだ。

「川の底には、まほうつかいのおばあさんがいるんだよ。おばあさんのつえがさわると、青い石が光りだすんだ。それは百日目で、それまでのぞいちゃいけないんだよ。」

「ほんと?」

ぼくは、何度きかされても、どきどきして息をつめた。

「ほんとさ!」

浩ちゃんは、おかあさんから、いろんなおとぎばなしをきいて、よくおぼえていた。ぼくは、浩ちゃんのはなしが、いかにもうまいので、きっと、ほんとだろうと思いこんできた。自分がすばらしいおとぎばなしの王子にでもなりそうな気がして、ふしぎな、すばらしい気持になるのだった。

そして、こんなものしりの浩ちゃんと仲よくしておいて、ほんとによかったと、心から考えていた。

❖　❖

ところが、ぼくたちは、なんといってもわすれっぽい、ほんの小さなこどもだったのだ。百日というのは、かぞえるだけでもたいへんだ。

れんげつみや、ちょうちょとりがおもしろくなると、いつのまにか、川の底の「たからもの」のことは、すっかりわすれていった。

浩ちゃんもぼくも、しずかなさびしい小川のはんの木のほとりよりも、明かるい野や山をかけまわるほうがおもしろくなっていた。そして、もう、青い石のことなど、これっぽっちもいいださなくなった、その年の夏のころ、浩ちゃんは、東京にやっとへやのみつかったおかあさんにひきとられ、この村からさっていった。

このごろ、ぼくは、毎日、学校から帰るとすぐ、N川の堤《つつみ》の修理工事にかけつけている。これは村じゅうの者が参加している。去年の秋の水害で、N川の堤はきれ、村は六十何年ぶりとかいう大被害をこうむった。

ことしの正月、ぼくたちの村では、もちもつけない。

ぼくは毎日、川原で、石運びや土運びのもっこかつぎをしながら、つくづく百姓の仕事のみじめさや、人間の力のちっぽけさを考えるのだ。一年間の百姓の汗のかたまりが、たった一晩のうちに、どろ水におし流されてしまったのだ。原爆や水爆を大さわぎで考えだしたり製造したがる人間のちえが、どうして、台風を征服できないのだろう。人殺しに夢中になる人間が、どうして、自分たちの汗のかたまりを、もっと必死に、自然のわざわいから守りぬこうと努力しないのだろう。

はれあがった肩にくいこむもっこの棒の痛さに顔をしかめながら、ぼくの胸には、いつでも、わけのわからないもやもやした怒りと疑問が、こみあげてくる。

「仙吉《せんきち》！　きょうは、こども班は、三班の所から土砂を運んで来い。」

ぼくの顔をみつけた父が、川の中から大声でどなる。ぼくは、こども班をひきつれて、いきおいよく三班にかけつけた。三班は、N川の支流の川床から、じゃりと砂をくみあげる作業をやっていた。

水害にいためられたままのあしや雑草が、むざんに倒れたまま、ちらちら、青い芽をのぞかせているのもあわれだ。はんの木ばかりが、昔ながらの姿を水面にうつしている。木の根《ね》かたに、小山のようにじゃりがつみあげられていた。

ぼくは、シャベルを、いきおいよくぐゎっと、じゃりの中にさしこみながら、ふっと、青い石のことを思いだしたのだ。まるで、古ぼけたまわりどうろうでも、ちらと目の前にまわったような、なつかしい思い出だった。あれからもう、七年あまりの年月が流れている。

「浩ちゃん、どうしてるかなあ！」

ぼくは、思わずひとりごとをいった。

「浩ちゃんて、ああ、あの疎開のビリケン頭か！」

もっこかつぎの相棒の勇ちゃんが、日やけした顔をふりむけた。

「うん、よく遊んだんだ。このあたりで。」

「そうだなあ、あのころ、仙ちゃん、おできだらけで、くさい頭してたもんなあ！」

「そうそう、いつも勇ちゃん、ぼくたちをいじめたろ？」

勇ちゃんも、ぼくも、あっはっはと、大声で笑いあった。

シャベルにすくいあげたじゃりの中には、白い石、赤い石、灰色、黒、そして、中には、青い石までもちらちらまじっていた。けれども、どんなきれいな青い石も、まるい石も、けっして、あの、ぼくたちの「たからもの」の青い石であるはずはなかった。

ぼくは、青い石、青い石と、なつかしくよびかけながら、ざくっざくっと、力いっぱいじゃりをすくいつづけていた。いつのまにか、からだは汗ばみ、七年前の春先の、あの日のあたたかさがよみがえってきたようだった。

Gallery

『女学生の友』昭和28(1953)年6月号
「バラ色の雲」挿絵　森 やすじ

仲よしお手紙

『小学五年生』（小学館）
昭和29（1954）年8月号

マコちゃん、お手紙ありがとう。アカ牛《うし》のかんげいに目をまわしかけたトルコの王女さまに、つつしんで東京のようすをしらせたてまつるであります。

あたしね、この夏休みはとてもたいへんな決心をしました。こっそりマコちゃんにだけおしえてあげます。それはね、休みの間にうんと、しゅぎょうして、とてもしとやかな少女になろうということです。だれ？ふきだしてるのは。そのてはじめに、きょうは、さっそくおせんたくをしました。ハンカチなんかじゃないのよ。じぶんのゆかたとシーツ洗ったのよ。すごいでしょ。おかげで指の皮がヒリヒリむけちゃった。マコちゃんは、ゆかたののりつけは、かたいのがすき？やわらかいのがすき？あたしのきょうの、のりつけは、ちょっとばかり、どう

も、へへ……夕方、茶の間でげらげらにいちゃんの笑い声がするのでいってみたら、なんと、あたしの洗ったゆかたが、ざしきのまん中に人間もはいらないで、ひとりでしゃんとたっているじゃないの。

「まるで、やっこさんだね。エヘラ、エヘラ。」

からかうにいちゃんはどこにいる

のかと思えば、これもあたしののりつけしたシーツが、まるでキャンプのテント
みたいに、でんと三角形にえんがわにたっているのよ。その中からにいちゃんが
首をだして、
「ちょっと、ゆかいであるよ。キャンプの気分がするネ。」ですって。しつれい
ね、マコちゃん、そんなに、げらげら笑うなら、じぶんでせんたくしてのりつけ
してごらんなさいよ。ハイチャ。

七月×日　みどり

マコちゃんへ

ドリちゃんには、一生どんなことがあってもおせんたくしてもらわないことにするわ。ドリちゃんの洗ってくれたゆかたきて、シーツにねたら首も手足もきっとヒリヒリ赤《あか》むけよ。わあ、そんなにおこりなさんな、あんまりはらをたてると、デベソになるんですって。

デベソっていえば、きょうは大しっぱいよ。ひるすぎだったの。海からかえって、ぶどうだなの下で、いとこのサブちゃんとひるねしていたときでした。ひょっと、目をさますと、さあたいへん。サブちゃんのデベソに（サブちゃんは、一センチばかりペクンとでてるおヘソの持主なの）ブーンとはちがきて、とまったところじゃありませんか！　サブちゃんは何もしらず鼻からちょうちんふくらませてムニャムニャよ。こえをたてて、もし、はちがあたしにむかってきたらどうしましょう。そこでチエのあるあたしは、とっさに頭を働かせ、手を使わず、はちをつまみあげるくふうをしました。ちょうどすぐそばのせんたく物をはさんでたせんたくばさみをとりあげたんです。それから、息をひそめ、こきゅうをとめ、全しんけいをせんたくばさみにしゅうちゅうして、さっと、目にもとまらぬ早わざで、おヘソの上のはちをはさみうちにしてやったんです。

そのとたん、「ギャッ！　人ごろし！」って、サブちゃんが、とびおき、おなかをおさえて、気

がくるったみたいにはねまわったから、びっくりしました。はちは、すばやくにげたらしく、ブーンブーンとあたしの頭の上をとんでいます。

ああ、神さま！　それなら、せんたくばさみは何をはさんだのでありましょう。かわいそうに。はさまれたのは、サブちゃんのデベソだったのよ。おかげで、あたしは、おばさんに、うんと、しかられて、きょうは、かなしくてなりません。人をすくおうとして、こんな目にあうなんて、つらいわね、なみだがオンロオンロでてきます。でも、サブちゃんは元気です。

ドリちゃんさま

八月×日　　まみ子《こ》より

マ

コちゃん、あたしは、今、おでこと鼻のあたまに十文字にバンソウコウをはりつけ、左手を首からつるしているのです。

その裏庭のけやきの木と、かきの木の間にね、ハンモックをつったの。ハンモックの上の、そのまた板の上で、あたしが本をよんでたんです。

その本の中にきっと魔法使いがすんでいたんだと思うんだけど……、よんでるさいちゅうに、とつぜん、本の中から、こうもりがさがとびだしてきたのよ。

ひらひら空をとんでいくこうもりがさだから、たまりません。

あたしは、ぱっと、そのえにつかまりました。だれだって、まともなしんけいの子なら、そんなとき、あたしのようにするでしょう？　そうしたら、もののみごと、ハンモックからついらくして、この負傷です。

ハンモックの上でゆめゆめ、夢をみてはいけません。

オール・ヴォアール（またあう日までよ）。

大好きなマコチンへ

八月×日　ドリより

なつかしいドリちゃん。

あなたの教室のおざぶとん、えのぐの水をひっくりかえして、よごれたまんまだったでしょ？　だからきのう、とてもかわいいクッションつくりました。それをけさ、小包みにしてだしました。

ところがうちへ帰るとちゅう、はっと、気がついたんだけど、あの中に、たしか、長い針

を一本まぎれこませて、とりだすのわすれています。ドリちゃんが大よろこびで

あけたとたん、ぺたんと、あの上にすわったらどうしましょう。とてもとても、

大しんぱい！ あわててこのお手紙はそくたつにします。

そのこともしんぱいだし、あたし、きゅうにドリちゃんがなつかしくなった

し、近いうちにかえります。では、また仲よくけんかしましょうね。

八月×日　マコより

おなつかしきドリちゃんさま

Gallery

『女学生の友』昭和29(1954)年2月号
「夢見童子」挿絵　蕗谷虹児

希望のつばさ

『小学六年生』（小学館）
昭和30（1955）年2月号

「エスポワール！　エスポワール！」

敬次《けいじ》と那美子《なみこ》は、むちゅうになってさけびながら、空をあおいで両手をふりまわしていました。

晴れあがった冬の空は、きいんと音をたてそうにすみわたっています。銀色に光る綿《わた》がしのような雲が、ふわりと一つうかんでいるあたりから、ぽつんと生まれた点のような影が、みるみるふくらみながらまいおりてくるのです。

その影は近づくにつれてはばたく鳥の姿をかっきりとあらわしはじめました。

「ばんざあい！　すごいぞエスポワール。」

「えらいわ！　えらいわ！　りこうだわ。」

敬次と那美子はこうふんしておどりあがりそうなはしゃぎようです。きょうはじめて伝書鳩のエスポワールにちょっとお使いをさせてみたのです。この鳩をいただいたとなり町のおじさんのうちへつれていってもらい、そこから放してもらったのです。

「あっ！　にいちゃん、は、はとが！」

那美子がさけんだのと、敬次の顔がさっと青ざめたのがいっしょでした。今にもふたりの目の前へ飛んできそうにみえた鳩が、川岸の原っぱにたったサーカス小屋のま上までくると、急にくるくるとまわりながら、一直線にその下めがけて落ちていくではありませんか！

ふたりはむちゅうでかけだしました。

寒い川岸の原っぱには、一週間ほど前からサーカスの小屋がかかっていました。きょうの日曜はまだ朝が早いので、いつもきこえている天然の美のジンタもまだきこえません。象色のつぎのあたったテント屋根と、少し色のさめた十本ばかりの赤いのぼりが、寒そうに風にうなっています。エスポワールはどこへ落ちたのでしょう。

「いないわ！　川におちたんじゃないかしら。」

「小屋のまわりを手をわけてさがそうよ。」

さがしあぐねてふたりが裏手にまわった時です。

「鳩をさがしていらっしゃるの？」

とつぜん声をかけたのは髪の長い色の白い少女でした。那美子くらいの年でしょうか。古びたズボンにやぶれセーターをきています。

「鳩ならここにいるわ。」

少女は、かわいい糸切歯《いときりば》を光らせてにっこりすると、じぶんのセーターのむねのほころびの中を指さしました。ちょこんとのぞいている小さな鳩の顔。

「まあ！　あんなところに。」

那美子は、思わず少女のそばにかけよりました。

「小屋のテントやねの網にひっかかったらしいの、つばさを少しいためてるし、こごえて、足がちぢまっていたから、ふところにいれてあたためてたのよ。だいぶげんきがでたようだわ。」

「ありがとう。きみにひろわれなかったら、エスポワール、死んでたかもしれないね。」

敬次は、おれいをいいながら、少女から鳩をうけとりました。鳩のつばさには、少女の胸のあたたかみがほうっとうつっています。

「エスポワールっていう名なの？」

「ええ、この鳩をいただいたおじさまがつけてくれたの。希望っていうフランス語ですって。」

「まあ！　希望。いい名前ね、その鳩、伝書鳩でしょ？　いいわね、鳩にさえ、こうして帰るおうちがあるし、待っててくれる人がいるのに……。」

少女のつぶらなひとみが、なぜかさびしそうにくもりました。

「あなた、サーカスに出てる子？」

きょう午後からおじさまにつれてきてもらう約束の那美子が、めずらしそうにききました。

「いいえ、あたしはまだ小さいから出られないのよ。でもおけいこはしてるの。」

「まあ！　つなわたりや、さおの上の曲芸やなんか？　みんなできるの？」

「ええ、でも、あたしのねえさんがここじゃ一ばんのスターよ、ねえさんの空中サーカスがよびものなの。あたしはオットセイを使ってちょっとでるわ、でもねえさんゆうべから熱があるの……。きょうはでられないかもしれないわ……。」

その時、テントの中からするどい目つきの男が首をつきだしてどなりつけました。

「サヨ！　お湯がたりないじゃないかっ！」

那美子はおそろしさに、敬次にしがみついてしまいました。

サヨとよばれた少女は、ちらっとふたりの方へめくばせすると、あわててテントの中へかけこんでしまいました。

エスポワールのいたんだつばさには、サヨの心づくしなのでしょう、ていねいに赤チンキがぬられていました。

その日の午後、サーカス小屋は大入満員《おおいりまんいん》です。那美子は早くサヨが出てこないかとどきどきしながら待っていました。ピエロの喜劇や馬乗り曲芸の後に、にぎやかなジンタの音におくられて、オットセイが二ひき、ひょこひょこ歩いて来ました。その後から緑の乗馬ズボンに、ピカピカ光る上着、金色のトンガリ帽子というでたちのサヨが、むちをふりながらかけだしてきました。

「サヨちゃあん！」

思わず那美子は声をかけて手をたたいてしまいました。おけしょうした舞台のサヨがあんまりかわいかったからです。サヨはにっこり、那美子の方へむちをあげました。サヨにつかわれて、オットセイはおもしろい玉曲芸をみせ、またひょこひょこひきさがりました。

ふと気がつくと、すぐそばにサヨが立っていました。

「えはがき買ってくださいません？」

おじさまがすぐ、一組買ってくださいました。そばでみるサヨはおしろいや紅の顔をはずかしそうにふせがちです。

「エスポワールはげんきになって？」

「ええ、うちへかえってアサの実をたべさせてよくあたためたのよ。もうすっかりげんき。」

「まあ、よかった！　あたし、しんぱいだったの。」

「おねえさんは？　熱はさがった？」

敬次のことばに、サヨの目がかなしそうにくもりました。

「まだ、熱っぽいの……。でも休めないの……。」

いよいよ、さいごの呼物の空中サーカスになりました。場内はわれるような拍手の波でどよめきました。ジンタがひときわ陽気に鳴りひびきます。

「あっ、あの人よ、サヨちゃんのおねえさん。」

サヨから買った絵はがきには、三千代《みちよ》とかかれているこの座のスター、サヨのおねえさんは、サヨによくにたさびしい笑い顔で見物人にあいさつを送りました。気のせいかおしろいの下のほおがいたいたしくやせているようで……。

パッと、赤いマントをぬぎすてると、三千代は銀色の魚のようにみえるからだで、するすると、なわばしごをつたわっていきます。空中のブランコが大ゆれにゆれて、ひとりずつはらはらするはなれわざがすむと、いよいよ一座のよびもの、三千代の空中大サーカス！ まっかにもえあがるほのおの輪が天じょうからおろされました。その真ん中をテントのはしのブランコからとびだした三千代がくぐりぬけ、反対がわのブランコの男の人にうけとめられるという曲芸です。

「大じょうぶかしら、病気なのに……。」

那美子は、じっとりあせばんでくる手で敬次の手をにぎりしめてささやいていました。

その時、ゆれうごくブランコの上で調子をはかっていた三千代の口から、

「エーイ！」

というきぬをさくようなかけ声！ 人魚のように空中を泳いだと思った瞬間、わあっ！ 場内はわきたち、総立ちの見物人。三千代が、ほのおの輪をくぐりぬけたとたん、まっさかさまについらくしてしまったのです。しかも下の救命網の上でもんどりうっていた三千代のからだは、なんという不幸か網のいたみめから下のゆかにころがりおちていったではありませんか！

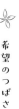

「おねえさん！　おねえさん！　しっかりして！」

サヨのとりすがる泣声が、敬次と那美子の心をしめつけました。

けがをした三千代は那美子たちのおとうさまの病院に入院したので、きょうだいはサヨたちとますます仲よくなりました。

「あたしたち、戦争でみなし子になって、おねえさんとふたりっきりなの。町から町へ巡業だから、ろくに学校へもゆけないわ。病気でもむりにあんなあぶないことまでして……。」

サヨの話に、幸福な敬次や那美子はなんとなぐさめていいかわからないのでした。

三千代の傷がすっかりよくならないうちに、もうサーカスは次の町へ出かけることになりました。松葉杖にすがった三千代にしょんぼりつきそったサヨ。ふたりの目にあふれている涙をみると、たまらなくなって敬次は小さなバスケットをさげてきました。

「これ、あげる。かわいがって！」

「まあ、ぼっちゃん！　エスポワールを！」

そのよく日、サーカス小屋のあとに、ぼんやり立っていた敬次のところへ那美子がとんできました。

「にいちゃん! エスポワールが帰ってたわ。鳩小屋にちゃんといたわ。」

敬次は小さな通信筒《つうしんとう》から小さな手紙をひきだしました。

「鳩はやっぱりあなた方のおそばにいるのが幸福です。でもあたしたちはみうしなっていた希望をこの鳩の名からいただきました。心に希望のつばさをはばたかせつつ。三千代、サヨ」

この作品は、昭和32年の『小学六年生』４月号から３月号まで１年間連載され、
その後、『女学生の友』に移って２回掲載されて完結しました。
そのため、『女学生の友』第１回の冒頭には、
「これまでのあらすじ」が挿入されていましたが、著者の了解を得て削除しました。

また、多少表記の揺れが見られますが、読者の成長に合わせたものでもあり、
明らかに誤植と思われる箇所を除いて連載時のままとしました。

ふりそでマリア

『小学六年生』（小学館）
昭和32（1957）年4月号～昭和33（1958）年3月号
『女学生の友』（小学館）
同年4月号～5月号

【シカにのる少女】

ぼうっ、ぼうっ……。

すみきった山の空気をふるわせて、ほら貝の音が、こずえからこずえへこだましていきます。

山の背をうずめた一面の杉林の下方は、絵にみるような乳色《ちちいろ》の山霧がたちこめています。ほら貝の音は、その霧の底から、ぼう、ぼう、ぼうとわきたち、谷いっぱいにこだましてはねかえるのでした。

やがて――、霧の中から数人の人かげがあらわれました。霧にまかれ、たがいの姿をみうしなわないよう、ほら貝をならしながら山そば道をのぼってくるのは、金《こん》ごうづえをついた山伏《やまぶし》の一行でした。

ここは信州の山奥で、こうした行者のほかは、めったに人かげなどみないところでした。

「この奥に、山小屋がひとつだけあると聞いてきたが、どうやら道をまちがえたらしいな。」

先頭に立った山伏が、ふりかえって一行に話しかけました。

「このぶんでは日のしずむまでに、山をこせないと思います。」

「なんとか、山小屋をたずねあてたいものですが。」

口々に山伏はつぶやきながら、登って来た道をふりかえったり、谷向こうにそびえる山の背に目を走らせました。

霧はしだいに上の方から晴れはじめ、うす絹をぬぐ様に遠い山々の背が紫色にかがやきはじめました。

「ほら貝をもうひとしきり、ふいてみよう。炭やきか、木こりでも、貝の音をたよりに、あらわれて来ないともかぎらない。」

先頭の山伏は、もう一度胸につるした貝をとりあげ、ふきはじめました。

ぼうっ、ぼうっ……。

貝の音が、力づよく谷をわたり、こだますると、どこからか
「あ、おうっ……。」

と、こたえるような声がはねかえってきました。

「おお、人の声だ。」

山伏たちが、目をかがやかせた時、またおいかけるように、声が谷々のそこからこだましてきました。

「あ、おうっ……。」

「女の声のようだが……。」

「いや、こどもの声かもしれぬ。」

山伏たちがつぶやいて、もう一度耳をすまそうとした時です。

がさっと、頭上に音がしたかとおもうと、目の前に、ぱっと、木の枝がおちてきました。薄もも色の美しい花をつけたしゃくなげの小枝です。

おどろいて、花のふってきた方をふりあおいだ山伏たちの目に、異様な姿の動物が、さっと、むささびのように枝から枝へとびうつるのが目につきました。

「や、やっ。」

山伏たちは驚きあきれ、わが目を疑《うたが》いました。黒いかげは何メートルもはなれたしゃくなげのこずえからくりの木のこずえへ、まるで鳥のように身がるくとびうつっていたのです。

それと同時に、くりのこずえにまたがった小さな人かげが、

「あは、はは、は……。」

と、かん高い笑い声をあびせかけてきました。

「てんぐの子か?」

「まさか!」

山伏たちはおどろきあきれて、頭上の人かげに目をこらしました。

髪はのびほうだいに、ひたいにかかり、肩をおおっています。まだ子どものようにみえる小さな人影は、ひざまでのみじかいぼろをまとい顔も手足も日にやけて、男だか女だかみわけることができません。

ひたいがみのかげから、まるで火がともったようにふしぎにかがやくひとみと、わらう時みせたまっ白の歯ならびだけが、人間の子らしいかんじをあたえました。

「おうい、山の子どもならおりて来てくれっ。」

山伏のひとりが口に手をあててこずえにむかいさけびました。

「いやだよっ!」

思いがけないほど、はぎれのいい返事が、すぐはねかえってきました。子どもらしいすんだ声です。

「どうしてだ? たのむから道をおしえてくれぬか?」

「人間は、うそつきだからいやだよっ!」

「ほほう、おまえは人間ではないのかえ?」

「山神《やまがみ》さまの娘だもの、人間をあいてにするなっておじいがいったよ。」

「ほう、おまえは女の子か?」

山伏たちは、いよいよおどろいて、こずえをあおぎました。山神さまの娘だと名のる小さな人かげは、腰に木刀《ぼくとう》のようなものまでたばさんでいます。

ぬのめもわからないようなぼろに、なわの帯をしたところなど、まさか、少女だとは思いもかけませんでした。

「おまえの家があるだろう。案内してくれないか?」

「人間をつれてくと、おじいにしかられるよ。」

少女はそうこたえると、口にふくんでいたらしい木の実の皮を、ぱっと、下にはきすてました。

「ぶれいもの!」

たん気な山伏のひとりが、ひたいにおちかかった木の実の皮をはらいのけざま、ぱっと、手にした金ごうづえをふりあげました。

手《しゅ》れんの棒術をつかうらしく、その金ごうづえは、生きもののようにうなりをあげて、くりのこずえにとびつき、少女の足を、はらったかとみえましたが、それより一しゅん前、少女は、目にもとまらぬ早わざで、また何メートルかかなたのけやきの枝にとび移っていました。

少女が口に手をあて空をふりあおぐと、ふしぎな音いろの口笛が、りょうりょうと山の空気をふるわせていきます。

すると、しげみの中から、音もなく白いシカがあらわれました。

少女は、あっというまもなくけやきの大木の上から白シカの背にとびうつっていました。

シカは少女をのせたとみるまに、まるで飛ぶように山みちをかけぬけ、みるみる木立《こだち》にかくれ、谷向こうの山そば道のかなたへと、かけ去っていきました。

すべては、まばたくほどの一しゅんのできごとでした。まひるの夢をみているような、ふしぎな気持につつまれて、山伏の一行は思わず、顔をみあわせてしまいました。

【竹林のかげに】

「じい、ただいま。」

いきいきした声に、源《げん》じいは、ろくろの前からふりむきました。

「ゆりか、どこまでいってきた?」

白いひげにおおわれたやせた老人は、どこかしら、おもかげにこんな山奥のきこりや炭やきとはちがう、品位が残っています。

「汗だらけではないか、顔も手足も洗うがよい。」

白いシカの首を、いとしそうにたたきながら、ゆりは、つぶらな目を、いつもよりいきいきとかがやかせています。日にやけた小麦色のほおにも、しゃくなげの花のような血が上り、まだ、はあはあ息をはずませていました。

「へんな人間たちに、谷向こうであったよ。」

ゆりは、やっと白シカからはなれ、源じいのすわっている小屋の中へはいりました。

しずかな孟宗《もうそう》の竹林にかこまれた小屋の中は、老人と少女のふたり住いなのでしょう。いろりのじざいからは、あわのにえるにおいがたっています。

かべのまわりに取り付けたたなには、老人のつくるらしいやきものの、つぼやさらが、いくつとなくならんでいます。

今も老人はろくろをまわす手をやすめず、ゆりのことばに耳をかたむけていました。

「黒いきものに、はかまはいて、へんなもの、頭にくっつけてたよ。せなかにつづらせおって、みんなつえついていたよ。それで、あたいをぶとうとしたから、わるいやつだね、きっと。」

「ふーむ、それは山伏というものだが……山伏が道にまよったかな。しかし、もしかすると……。」

老人は、ふっと口をつぐんで、考えこむように、ろくろをまわしつづけます。

いつのころから、この山奥の竹林の小屋に老人と少女が住みついたのか、里の村人も、山にくる炭やきも木こりも、だれひとり知らないのでした。

老人は源じいとよばれ、むすめはゆりとよばれ、わずかな田畑をじぶんでつくり、ひまさえあれば、やきものをやいて、木こりや炭やきに、里でいりような物にかえてもらってくる生活をしています。

源じいは、薬草のことにくわしいので、だれいうとなく、つたえきいて、びんぼうな里人《さとびと》は、病人ができれば、竹林の小屋にかけこんで、手あてをおしえてもらうのでした。

「きっと、どこかのえらいおさむらいだったんだろうよ。」

里人は、こんなささやきをかわしますが、だれも、無口な源じいの口からは、身の上話を聞きだすこともできませんでした。

ゆりは、まるで男の子のようで、身の軽いことと、すばしこいことでは、山の小鳥やけものそっくりでした。

里へおりても、みなりのいようなのと、たいどが、いばってみえるので、こどもたちから、

「おおかみの子やあい。」

「山むすめやあい。」

と、からかわれるばかりでした。勝気なしょうらしく、からかわれると、いいーっと歯をむいて、つばをはきかけたり、小石をなげたりするので、だれも、そばまでは近よりません。

「じい、人間よりも、けものの方が、ずっとかわいいね。」

これがゆりの口ぐせでした。一日じゅう、山をか

けまわり、口笛をふき、草笛をならし、ふしぎなさけび声をあげては、けものたちを自由じざいによびよせてあそぶようでした。

「ゆりは、けものたちと話をするのかい?」

源じいがわらって、からかうと、大まじめな顔で、

「けものだって、鳥だって、ちゃんと、あたいと話ができるんだよ。」

と答えるのでした。年は十二、三なのか、それともまだ十にならないのか、だれも、ゆり自身も、はっきりはわからないようです。

「ゆりは、山のからすの巣の中から、じいがひろって、そだてたんだ。」

そんな源じいのじょうだんを、ゆりはあんがい、本気に信じこんでいるのかもしれません。

「夕月《ゆうづき》を洗ってきてやるよ。」

ゆりは源じいにことばをのこし、白シカの背に、またがって、また外へでていきました。

夕月とは、白シカに、ゆりが、かってにつけた名前でした。品のいい白シカの美しさを、ゆりは山のはしにさしのぼってくる夕月の、ほのぼのと美しい姿にもたとえたかったのでしょう。

ぼうっ、ぼうっ……。

はるか谷のかなたから、まださっきの山伏の、ほら貝の音が、こだましてひびいてきます。

「いやな音だ、ねえ夕月。」

ゆりは夕月に話しかけながら、山でも一番きれいな清水《しみず》のわきでる泉の方へおりていきました。

その時です。夕月がびくっと、からだをかたくし、おびえて足をとめてしまいました。

【さいはての姫君】

「ばあや！　しっかりして！」

泉をおおう岩かげのむこうから、かぼそい声が、もれてきたのです。

すばやく、夕月の背からおりたゆりは、じいっと、息をひそめ、耳をすましました。

「しっかりして！　ね、ばあや。」

「ひ、ひめさま……す、すみません……。」

「いやっ！　そんなこといわず、気をたしかにもって。」

弱々しい病人らしい声と、美しい若々しい声がゆりの耳にはいってきました。今まで、こんな美しいやさしい声を聞いたことがありません。

足音もたてず、そうっと泉に近づいていったゆりの目に、岩かげからこぼれる、目のさめるような美しい着物のはしがうつりました。

花のにおいともちがう、ふしぎな、あまい、いいにおいが、泉のあたりからただよっています。

美しい色とにおいと、やさしい声に、まるでまほうにかかったようになって、ゆりはわれしらず、泉の方へ近づいていました。

「あっ。」

泉にうつったゆりと夕月のいような姿に、旅姿の少女が、顔をあげました。ろうたけたやさしいその顔をみて、ゆりは思わず、にこっと笑いかけました。

「あ、あなたは？」

まだ、おどろきでふるえている少女に、ゆりは、ずかずかっと近づき、少女のかかえている年よりの顔をぐっとおしあげました。

「病気なの？」

「は、はい・・・・きゅうに、しゃくがおこったといって・・・・。」

ゆりはすばやく足もとの草むらをみまわすと、何かまるい葉をした草をぬきとり、その根を泉で洗いきよめました。

いきなり、白い根を、自分の歯でかみくだくと、それを手にうけ、ぐったりと、もう口もきけなくなったうばの口にながしこみました。

「じいにおそわった薬だから、だいじょうぶだよ。じいのところへつれてけば、きっとなおしてくれるよ。」

ゆりは、うばのからだをだきおこすと、夕月の背へうつぶせにのせました。

「あんた、歩ける?」

「は、はい、何から何まで・・・・なんとお礼いっていいか。」

おろおろする美しい少女をもうふりむきもしないで、ゆりは夕月の首をたたき、先にたって歩きはじめました。

「わたくしは、あの・・・・菊《きく》といいます。」

旅の美しい少女は、夕月のうしろから、じぶんの名をつげました。

ばあやが、ひめさまといっていたところをみれば、菊姫とよばれる身分の高い姫君なのでしょう。

どうしてそんな姫君が、たったひとりのともをつれて、こんな山奥にさすらっているのでしょうか。

ゆりはそれをふしぎともおもわず、このふたりをじぶんの小屋に案内していきました。

ゆりは前から、じぶんの直感で、すきになれる人間か、きらいな人間か、一目で、みわけがついてしまうのでした。

山伏の一行は、きらいだったし、菊姫の主従には、一目でなつかしさがわいてきたのが、じぶんでもふしぎでなりません。

「じい、お客さまひろってきたよ。」

小屋の外から声をかけるゆりに、

「とうとう山伏どのをつれてきたのか。」

源じいのひくい声が答えました。

「ちがうよ。お姫さまと病人だよ。」

「なにっ?」

声と同時に、源じいの白いひげづらがぬうっと小屋の外へあらわれました。

「ふーむ、すぐ手あてがひつようじゃ。」

一目で、うばのようだいをみてとったらしく、源じいが、とびだしてきて、病人をかかえこみました。

「もう、だいじょうぶだ、菊姫さまも少しはお休みになったがよい。」

しずかなね息《いき》をたてはじめた病人のまくらもとで、源じいが、やさしく、菊姫をみかえりました。

夕方、この小屋に助けこまれてから、源じいとくいの薬草の手あてをうけ、うばの苦しみようも目にみえてうすらぎました。

「ありがとうございます。なんとおれいもうしあげてよいやら。」

菊姫は、きれ長《なが》な目にいっぱい涙をたたえて、源じいの前に両手をつきました。

「うばに、もしものことがあったら、わたくしは、このおそろしい山奥で、あやうく、のたれ死にするところでございました。」

ゆりはかべに背をもたせかけ、じぶんのひざ小《こ》ぞうをだいて、じっと源じいと菊姫の話をきいていました。

「うかがえば、ふかいわけがおありのような身の上らしいが、まあ、わしも世捨人《よすてびと》じゃ。聞かずにおきましょう。しかし、どこまでいきなさる？　この山へは道にまよってこられたのか？」

「わけがあって、名まえはいえませんが、なくなった父のいいつけで、富山まで人をたずねてまいります。わたくしは津軽《つがる》から、はるばるまいりました。」

「ええっ！　津軽から？」

源じいが、おどろいて、じいっと菊姫のやさしい顔をみつめました。

「それはまた……たいそうつらい旅をしてこられたなあ。津軽といえば……さいはての国……ここまでは、ふたりで来られたのか？」

「いいえ、津軽を出ます時は、ばあやの子どもで、わたくしとはきょうだいのようにそだった新次郎《しんじろう》という者がいっしょでしたが、とちゅうで、悪者から、わたくしたちをにがすため、たたかってくれて、はぐれてしまいました。でも、この山をこえていくようにといわれましたので、きっと、あとからくると思います。」

そのとき、また、ぼう、ぼうっと、ほら貝の音が、いがいなまじかで、ひびきわたりました。

「あっまだ、あの山伏たちうろうろしてるよっ。」

ゆりがはらだたしそうに、舌うちをしました。

「ええっ！　山伏？」

みるみる菊姫の顔から血のけがひきました。

「どうかしたの？　まっさおになって。」

「山伏に、つけねらわれているのです。新次郎さんもそのために……。」いうまにも、ぼう、ぼうっと、ほら貝の音は、こちらの方へ近づいてきます。

「ゆり、病人と菊姫を、あそこへ。」

源じいが、きゅうにするどい目つきになって、ゆりにいいつけ、じぶんは外へでて、かたばかりの門の戸じまりに出ていきました。

ゆりは、薬草で正体もなくねているうばを肩にかつぐと、すぐ、おし入れの戸をあけ、もぐりこみました。

「早くっ、菊姫さまも!」

わけがわからず、あわててあとにつづいた菊姫が、おしいれにはいるのといれちがいにゆりは外へでて、菊姫たちの荷物を片っぱしからなげこみました。

「よぶまで、がまんしているのよ。」

ゆりの声といっしょに、どこかのさんがひきぬかれると、ぎ、ぎいっと押入れの中が回り始めました。

「からくりじかけのおしいれ……。」

おどろいた菊姫とうばをのせたまま、おし入れはまだゆうゆうと回りつづけています。

【もうひとりの客】

「たのもう。」

小屋の外で大きな声がおとないました。

かべにもたれ、ひざ小僧をだいたゆりは、声の方へ、白い歯をむきだし、にくらしそうに、いいーっとしてみせ、立ち上がろうとしません。源じいは、しらん顔で、にえたあわがゆを、じぶんで作った茶わんにすくいあげています。

「たのもうっ。」

前より大きくなった声がひびきわたり、しおり戸《ど》ががたがたゆすぶられています。

源じいは、やっと腰をあげ、のっそりかど口《ぐち》へ出ていました。

のぼりはじめた月明かりを背にした数人の山伏が立っていました。

「道に迷って、この家の灯《ひ》をたよりにしてきました。山を越えたかったが、今夜はひとまずふもとにおりたい。近道をおしえてもらえないでしょうか。」

先頭にたった山伏が、ていねいにあいさつをしました。源じいの、どこか里人とはちがう、つらだましいに、山伏の方ではおもいがけないような目つきでした。

「とめてあげたいが、みられるとおりのあばらやで、ねる場所もない。この竹やぶの中の小道をたどられたら、ひとりでに里へおりられる。木こりしか通《かよ》わぬ近道だから、すぐ行かれたらよい。」

いいすてて、くるりと背をむけた源じいを、山伏はあわててよびとめました。

「あ、ご老人、おそれいるがひとりだけ、つめをはがして歩きかねておる者を、土間のすみなりとも、泊めていただけないでしょうか。」

源じいは、ふりむくと、月にすかして、じいっと、山伏の一行をみかえりました。ひとりだけ、痛みにたえられないふうに、しゃがみこんで、足をおさえているものがあります。

「あす朝早く、われらのあとを追わすから、せめて今夜だけ。」

あとまでいわせず、源じいは背をむけました。

「けが人ひとりなら泊まられるがよい。」

びっこをひきひき、生《なま》づめをはがしたという山伏が源じいのあとにつづきました。

のこりの山伏の足音が、竹やぶの中へ遠ざかっていくのを聞きますと、源じいは、はじめて、入口にしゃがみこんだ山伏に声をかけました。

「手当をしてあげよう。」

おどろいた顔をあげた山伏は、小屋をみまわし、源じいの顔をみつめました。

「はっはっは、生づめはがしに、きくこうやくをもっているのだ。いたみはすぐとまるよ。」

にゅっと、源じいのうしろから、薬のはいったつぼをつきだしたゆりをみて、山伏は、あっと、小さく声をあげました。

「わしの孫が、さっき、おあいしたそうじゃな。」

源じいは、おかしそうにいって、もう山伏の足を手もとへひきよせています。酒であらい、こうやくをぬった指を、きりきりしばりあげると、やっと、山伏は、血の気のうせていたほおに生気をとりもどしました。

まだ若々しい山伏は、まゆのこい、目のするどい男でした。

「おかげでふしぎなほど、ぴたっと、痛みがとれました。」

「あたりまえさ、おじいの薬できかないものなんかあるものか。」

ゆりがあざけるように口をはさむのを、山伏はちょっとにくらしそうににらみましたが、すぐ、好奇心をかくしきれない顔つきで、天井や壁につるした薬草のたばをみあげています。

「薬草のご研究を……。」

「研究などいうほどのものでもない。年よりのなぐさみだ。あしたは、このこうやくをわけてあげるから、まあ、こんやは、ぐっすりつかれをやすめらるがよい。」

山伏は、あらためて、ぴたっと老人の前に手をつきました。

「申しおくれましたが、わたくしは…。」

名のろうとするのを、源じいは、手をふってそっぽをむきました。

「とおりすがりの旅のけが人でけっこうけっこう。わしはごらんのとおりの世捨人じゃ。じぶんの名もわすれた。人の名もおぼえとうない。」

ゆりが、それでもしんせつに、へやのすみに、うすいふとんをしいていきます。これも手作りらしいまくらびょうぶで、それをかこい、

「はやく、ねておくれ、じゃまっけだから。」

口だけは、あいかわらずこにくらしく、つんつんいいました。

山伏のねいきが聞えだすのをまちかね、ゆりは、源じいに耳うちしました。

「じい、もうだいじょうだろ?」

源じいは、だまって、うなずき、さっき山伏にすすめた湯のみをゆびさしました。さっきの茶の中に、つかれなおしのねむり薬を、いれておいたといういみです。

ゆりは、にこっとすると、じぶんはすぐ、さっき、菊姫主従をおしこんだ押入れの中へ、はいっていきました。

【山の月明かり】

ゆりがはいって、どこかをおすと、また押入れは音もなくまわりはじめました。

「あっ、ゆりちゃん!」

うす暗い中から、菊姫のやさしい声がとんできました。

まわりとまったところは、四畳あまりのへやになっていて、板の床には、むしろもしいてあります。

ただ、どこからも光がこないので、菊姫とうばは、さっきから生きたここちもなかったのでした。やっとやみに目がなれた時、ゆりが来たので、すがりつくような声をだしたのです。

ゆりは、くらやみの中でも、目がみえるように、どこかをさぐっていたかとおもうと、天井にうっすらと、光がさしこんできました。ふりあおぐと、小さな天窓《てんまど》があき、そこから、こうこうとした月の光が、一すじの水の流れのようにさしこんできます。つめたい空気もさわやかにながれこんできました。

押入れのからくりといい、天窓のしかけといい、こんなみっ室《しつ》をつくりあげた源じいとゆりとは、いったいどういう人たちなのでしょうか。菊姫は、不安とおそれと、なつかしさで、ゆりのきらきらする目をみつめました。

「心配しないでいいよ。山伏がひとりだけ泊まってるけど、あしたの朝は、おっぱらうからね。生づめはがしたから、しかたがなかったんだよ。」

ゆりは、いつのまに用意したのか、ふところから、木の実のほしたのや、ほした米をとりだし、ふたりにたべさしました。さっきのさわぎで、まだだれも夕はんをたべていなかったのです。

へやのすみには、一かさねのふとんまでつんであります。

「さみしいから、ゆりちゃんもここにねてくださいな。」

菊姫のまだこどもらしいことばに、ゆりはにっこりすると、すぐねどこへもぐりこんできました。

うばは、つかれで、すぐねいきをたてはじめましたが、菊姫はねつかれません。そっとゆりの方をうかがうと、ゆりのまるいくるみ色のほっぺたに、きらきら光るものがながれています。

「ゆりちゃん……。」

ゆりは、きゅうに、菊姫の胸にあたまをおしつけてくると、くっくっと、肩をふるわせ、泣きだしました。

あまい、なつかしい菊姫のにおいに、ゆりは、きゅうに、人なつかしさで、胸がきりきりしてきたのです。顔をみたこともないおかあさんのにおいというのは、こんなのではないかしら……わたしにねえさんがいたら、こんなやさしい手つきで、やっぱり、こうしてかみをなでてくれるのではないかしら……。

菊姫の胸の中で、いつか泣きやみながら、ゆりは、じっと目をとじていました。

月の光にてらされたゆりの顔は、あいらしく、ながいまつげが、そりかえって、鼻すじも、上品にとおり、みちがえるように少女らしく、きよらかです。

――この人も、あの老人も、きっと、りっぱな身分のかたにちがいない……。わけがあってこんな山奥にこっそりかくれすんでおられるのだ。――

菊姫は、かしこそうな目で、目をとじたゆりの顔をみつめながら、考えつづけていました。

――こんなかわいい人と、こうした静かなところで、いつまでものんびり暮らせたら……。――

菊姫はあわてて、じぶんの弱い心をふりおとすように首をふりました。

――私にはたいせつな使命があるのに。――

菊姫のまぶたには、りりしい木暮《こぐれ》新次郎のおもかげがうかびました。木暮新次郎とふたりで命にかえても果さねばならぬ使命の重さが、菊姫の心をぴしっとむちうつようでした。

菊姫は静かに右手で胸の上に十字をきりました。

「おんちちでうすさま、おんははまりあさま、新次郎さまの上をみまもりたまえ。」

　菊姫は口の中でいのりのことばをつぶやくと、やすらかな寝顔になりました。

　菊姫は、まぎれもないきりしたんだったのです。みつかれば、たちまちとらえられ、おそろしいごうもんにかけられ、改宗しないものは、火あぶりにされるきりしたん……。

　幕府は、何十年もかかって、きりしたんを根《ね》だやしにしようと、血まなこになって、かくれた信者をさがしつづけています。

　こんなかよわい少女の身で、山奥のからくりべやの中とはいえ、おそれげもなく十字をきる菊姫とは、どういう身の上なのでしょうか。またその菊姫をおびやかすという山伏の一行のすじょうも、どうやらただの山伏ではなさそうです。

　ふしぎな運命の人々のねむる山小屋の上に月光ばかりが、夜のふけるとともに、ますますかがやきつづけているのでした。

【もえるほのお】

　それから二時間ばかりたったころ、山小屋のびょうぶのかげに、むっくり人影がおき上がりました。いつのまに用意したのか、それはあの山伏姿ではなく、全身、黒しょうぞくに身をかため、するどい目だけだした黒ふくめんのいでたちは、一目で、忍《にん》者《じゃ》としれます。

　山伏から忍者に早がわりした男は、息をつめ、へやのようすをうかがっています。やみの中に、ねいきが源じいひとりのものらしいときさだめるとふく面《めん》の中でにやっと笑いついと身を沈めました。

身を沈めたとおもったのは一しゅんでつぎのしゅんかんには、音もなく天井にはりついています。まるで黒いこうもりのようなぶきみな身軽さでした。

さかさに天井にはりつきながら、忍者は、やもりのように天井のはりをつたい、はりのすみからすみまで手さぐりしています。どこをさがしても一寸ちかくもたまったほこりばかりが、けむりのようにまいたちます。

黒ふくめんのかげに目をいらいらさせた男は、思いついたように、今度は、天井につるした薬草を、片はしから一つまみずつ、ちぎりはじめました。黒しょうぞくのどこにそんなふくろがついているのか、ちぎりとった薬草は、かたっぱしからからだの中へすいこまれていきます。

天井から花びらのようにふわっとおりた黒しょうぞくは、こんどは、棚にならんだ源じいの手作りのやきものの中から、一ばん小さな茶わんを一つとりあげると、音もなく入口から消えていきました。

それだけのことをしおえた時間は、まばたきを三つばかりするほどのみじかさでした。

忍者が出ていくのと同時に、こんどは源じいが、むっくり身をおこしました。

源じいはすぐ、押入れの中に身を入れました。

「ゆり、菊姫！」

源じいの声に、はっと、ふたりはとびおきました。うばも、あわてて身をおこしました。

「山伏はあんのじょうおんみつだった。すぐ、ここを立ちのかねばならぬ。」

「ちくしょう！」

ゆりは、くやしそうに、げんこをこくうにふりまわしました。

「だから、あたい、あいつたちきらいだって、はじめからにらんでやったんだ！」

「よしよし、じいが、生づめに同情したのがしっぱいじゃ。とにかく、すぐ、にげよう。引きかえすにきまっている。わしの茶わんまでもっていったから、もしかしたら、鼻のいいやつがわしをかぎあてないでもないからな。」

菊姫もうばも、すばやく身じたくをととのえました。薬のおかげで、うばもすっかり元気をとりもどしています。

源じいが、ふところから、ぱっとなにかをなげると、ほそいがつよいあさなわばしごが天窓の上からつり下がってきました。

「ゆりから、のぼれ。」

ゆりは、さるのようにするするはしごをのぼっていきました。

菊姫もうばも、ぐずぐずはできません。ゆりのように身がるくはいかず、あぶなっかしいようすで、それでもやっと、はしごをのぼりきりました。

はしごの上端は、みごとに古井戸《ふるいど》のはしにひっかかっていました。身をのりだすと、一面、草におおわれた林の中に、古井戸があり、みっ室の天窓とみえたのは、この井戸から月明かりがさしこんでいたのだとわかりました。

「この道は、山伏のいった道とは、ぜんぜん反対がわだから、もう大じょうぶだ。あんしんするがいい。」

源じいは、三人の女子供をいたわりながら、草におおわれた小道をみちびいていきます。

「あっ、火事！」

ゆりが、声をあげ立ちどまりました。

ふりあおぐと、いま、ぬけだしたばかりの山小屋のあたりに、もうもうと黒煙がたちこめ、その中から、まっかなほのおが、めらめらとたちのぼっています。

「みられてこまるものもある。でがけにしかけておいたのだ。」

源じいは、ゆうゆうと小手《こて》をかざして、じぶんでつけた火の手のさかんなかがやきをみあげています。

「惜しい薬草もあったが‥‥しかたのないことじゃ。さ、いそごう。もうすぐあのにせ山伏めらがかけつけあわてふためくだろうよ。」

はっはっはっ、こきみよさそうに笑い声をあげ、源じいは、また小道をすすみました。

その時、火の手のあがる山小屋の前へ、森の方からかけつけた前髪だちの若者があったのを、だれもしるはずがありません。

「人のいない小屋に火の手があがるとはふしぎだ。」

ほのおにてらしだされた若者は、女にほしいような目のすずしい美少年でした。

菊姫のあとをおい、夜をとおして歩きつづけてきた木暮新次郎だったのです。

新次郎はその時、耳さとく、人の足音をききとり、すばやく、くすの大木のかげに身をかくしました。

竹やぶの中から、ばらばらっとあらわれたのは、黒しょうぞくのふくめんの数人です。

「ちっ！　一足《あし》おくれたか！」

「火をつけてにげるとは、いよいよあやしいやつ。」

「やっぱり、おめがねのとおり、夢幻斎《むげんさい》かもしれませぬ。」

ふく面は、もえさかるほのおの前で、じだんだふまんばかりでした。

頭《かしら》だった大きな男が、ほのおをにらみつけながら、太い声でつぶやきました。

「夢幻斎にちがいない！　この火の中に、火薬のにおいがする。火薬といい、あの茶わんのやきといい、夢幻斎でなくては、だれもあつかえぬ。夢幻斎は、ばてれんと通じ、異国の本もよみ、火薬の研究にはすぐれていたのだ。ルソン島へ流される時、船が難破して、おぼれ死んだとつたえられているが、わしは信じなかった。やっぱり生きていたのだ！」

太い声は、いかりとも喜びともつかぬ声でうめきました。

「これだけの用意をして逃げた夢幻斎は、追ってもむだだ。生きているとわかったからには、必ず、おれの手で、捕えてみせる。今の急務は、菊姫のふところにかくされた物をうばうことだ。」

「これほどくまなくさがしてみつからないとすれば、里にでたとしか思われません。」

「小屋にかくまわれていなかったとすれば、足弱《あしよわ》な女と娘、まだ里にでても、さほど遠くまで行きますまい。」「すぐ、菊姫を追おう！」

黒しょうぞくは、相談がまとまると、まるで、人間とは信じられぬはやさで、竹やぶの中の道を遠ざかっていきました。

そのあとへ新次郎は立ち、うーむと、うでをくみ、ほのおをみつめました。

「夢幻斎……夢幻斎……父上のよく話されたアントニオさまのことだろうか。アントニオ源右衛門《げんえもん》さまは、陶芸にすぐれ、号を夢幻斎といわれたと聞いている。」

新次郎の若々しいひとみが、きらきらと希望にかがやいてきました。

「もしも、アントニオさまが、生きておられたなら、きっと、菊姫をたすけてくださったはずだ。」

新次郎はその時、がさっと、じぶんのうしろで足音がしたのに気づきました。

さっと身をかまえ、物音のした方へふりむくと、草むらのなかに、ほのおにおびえて白シカが一匹じっとこっちをうかがっています。人なれているのか、新次郎に気づいても逃げようとせず、ほのおをみているシカの美しさに、新次郎はおもわず、一歩進みよりました。

白シカは、はじめて、ぱっとあとじさりすると、たちまち、ざざあっと、草むらをおしわけ、かけさっていきました。

「まるで神の使いのようだ。」

そのはやさにみとれている新次郎の目に、白シカは幻のように、沢をとびこえ、みねにのぼり、谷へおりて、かけすぎていきました。

じぶんをかわいがってくれるゆりのにおいを求めて走る夕月のあとを、もしこの時新次郎が追っていったら菊姫やゆりの運命も、変わっていたでしょうに――。

菊姫をねらうあのおんみつの一隊から姫を守るため新次郎は、黒しょうぞくのあとをおい、竹やぶの小道へ足ばやにおりていったのでした。

【黄金の像】

「もうだいじょうぶだ。菊姫もうばどのも、なれぬ山道、さぞつかれたでしょう。」

源じいが、ほっとしたように、ふたりをふりかえりいたわりました。ここは山小屋からいえば、谷むこうの峰のかげです。はるかかなたの空には、まだ、山小屋の燃える煙がたちまよっているのが見えます。うっそうと茂ったくすのきの大木の後に、草におおわれたどうくつがありました。

「穴の中ばかりへ案内するようで、気の毒じゃが・・・。」

源じいはあははと、陽気に笑い声をあげました。おびえとつかれと不安とで、青ざめた菊姫も、はじめて、ほっとしたように、ゆりの手をにぎりしめました。

草をかきわけると、横穴式に掘りすすめられた、くらい穴がぽっかり口をあけています。

源じいにつづいて、菊姫とうばをうながし、ゆりがあとにつづきました。穴の中は思ったより広く、奥にはいると、人がゆっくり立っていられるほどでした。火打石《ひうちいし》の音がしたと思うと、ぼうっとあかりがともりました。

源じいのさしだす手《て》しょくの火にてらされた穴の中を見まわし、菊姫は驚きました。机からなべまで、暮らすに困らないものが、すっかりととのっています。床にはほした枯れ草がしかれ、やわらかくあたたかく、このままでも寝られるようです。

ゆりはなれたようすで、ちょこちょことみがるに動き、机のほこりをはらったり、たなの茶わんをかたづけたりしています。

「とうぶん、ここにかくれて、ようすをみよう。さあ、もう安心してくつろがれたがよい。」

源じいのことばに、菊姫はぴたっと、その前に手をつきました。

「何から何まで、お世話になり、お礼の申しあげようもございません。私どもが飛びこんでまいりましたばかりに、おたいせつな薬草や小屋まで焼いてしまって・・・おわびの申しようもありません・・・。」

菊姫の美しいひとみは、ほんとうにすまなさで涙まで光っています。

「そんなことは、しんぱいなさるな。わしはごらんのとおりの世捨人じゃ。薬草など、また、ひまにまかせて集めれば、一年もたてば、集まってしまう。それより、うばどのは、病気されている。しばらく、ここで養生《ようじょう》させなくてはならないでしょう。」

「ええっ！　ど、どうして、それを……。」

菊姫のうしろで、うばが、驚きとおそれの声をあげました。

「わしは、薬草を集めるくらいの者じゃ、医術の方も少しは心《こころ》えている。一目であなたがおもい病をひたかくしにして、姫君にしたがって、つらい旅をしてきたのがわかった。」

「まあ、ばあや、おまえは……。」

菊姫ははっとして、うばをふりかえりました。うばは、せいも根《こん》もつきはてたように、がくっと、前にうつぶしてしまいました。

「す、すみません……姫さまのおともをさいごまで、できないかとおもうと……し、しんでもしにきれません……。」

そのままうばは気を失ってしまいました。重い病気を菊姫に気づかせまいと、ひたかくしにかくして、気だけでやっと、ここまでもちこたえていたのでした。

うばの脈をとりながら、源じいのひとみがくもりました。

「思ったより重態だ……。」

「あっ、夕月！　夕月！　よくきたねえ！　すぐわかったの！」

どうくつの外では、はしゃいだゆりの声がしています。水くみから帰ったゆりは、くすのきのかげに、じぶんをさがしてたずねあててきた、かわいい白シカの姿を見つけたのです。どうくつの中の悲しみを気づかないゆりは、水おけをなげだし、夕月の首にしがみつきました。

「夕月、夕月、ごめんねえ！　だまって、きちゃったりして……。」

めちゃめちゃにほおずりしてくるゆりを、うるさがりもせず、夕月はひっそりと、やさしく立っていました。

「ゆりっ！」

源じいのきびしい声に、ゆりはどうくつへかけこみました。

すっかり弱りきったうばは、ほし草の中にねかされていました。そのまくら元に菊姫は泣きくずれ、源じいはきびしい顔つきですわっていました。

「物見《ものみ》をしてこい、ゆり、念をいれてな。」

「あい。」

ゆりは返事といっしょに、もう外へ飛びだし、するすると、くすのきの大木へよじのぼっていきます。みるまに小さな頭が、てっぺん近いこずえの上にあらわれました。

峰も谷も沢も、このあたりいったいを一目にみわたせる木のこずえの上で、小手をかざしていたゆりは、すぐまたりすのように地上におりて来ました。

ここへきて、こんなに大げさな物見をさせる時、源じいが何をするか、ゆりはしっていたのです。

地上におりると、手早く口をすすぎ、手を洗い、めずらしく、髪まで手のひらでちょっとなでつけると、ひどく大まじめな顔つきで、ゆりはどうくつへはいっていきました。

「だいじょうぶだよ。」

「そうか、では、あれを。」

源じいの声を半分まで聞いて、ゆりはどうくつの一番奥の壁に近づき、ひざまずくと、どこかの壁をおさえました。

「さんた・まりあ！」

つぶやくようなゆりの声に、泣いていた菊姫も、息たえだえのうばも、ぎょっと首をあげました。

「あ、ああっ！」

声は、菊姫とうばが同時に発したものでした。またもや、からくりじかけのどうくつのかべの一部が、音もなく回りはじめた中からは、黄金色の矢のように、さんぜんと輝く一すじの光が流れだしてくるではありませんか！

かべが回りきり、目もくらむ光の位置が静かにおさまると、その中心に、キリストをだいた聖母マリアの気高いみ像《ぞう》が、すっくと立っていられるのが、目にうつってきたのでした。菊姫もうばも、床にひれふしてしまいました。おどろいたことに、源じいとゆりまで、うやうやしく、胸に十字をきっていました。

【秘密の使者】

「それでは、あなたさまが、アントニオ源右衛門さま！　あ、ありがたいことでございます！　主《しゅ》のおみちびきで、あわせていただいたのでございましょう。」

うばは、苦しさの中からも半身をおこし、まるで神をおがむように、源じいに手をあわせました。

アントニオ源右衛門といえば、今から二十年ばかり前、九州の北部一帯をおそった、おそろしい禁教のあらしにみまわれた、殉教者のひとりだったのです。水ぜめ、さかさづり、土うめ、俵づめ、あらゆるごうもんのせめ苦にたえ、火あぶりの刑もおそれない勇士でした。京都のさる尊い宮家と縁つづきのため、死刑だけはまぬがれ、ルソン島へ流されたのでした。海の荒れる時をわざわざえらび、まるで渡し舟のような船で流されたのは、海上で魚のえじきとなることを、幕府がのぞんでいたしょうこでした。

そして源右衛門をのせた船は、幕府のねがい通り、長崎を出て五日目に、おそろしいあらしにあい、その船板《ふないた》のいくつかが、海岸にうちあげられてきたのでした。幕府はほくそえみ、アントニオの身を案じていたキリシタンたちは、涙を流したのでした。

本名速水《はやみ》源右衛門は、武芸にすぐれていたばかりでなく、外国の文字を読み、学問にもすぐれていた上、趣味深く、陶芸家としても夢幻斎の号で全国に聞《きこ》えていました。

当時のキリシタンなら、どこにいる者も、九州のアントニオ源右衛門の名を聞きあがめていました。

「あなたさまになら、何をおかくし申しましょう。この姫君は、十五年前、津軽へ流刑《るけい》になりました。花見小路《はなみこうじ》家のお姫さまでございます。」

「おお、隆麿《たかまろ》どのの孫姫さまであられたか!」

夢幻斎は、なつかしそうに、菊姫を見つめました。夢幻斎は、菊姫が津軽から来たといった時から、もしやと思っていたものの、まさかじぶんの幼な友だちの隆麿の孫とは気づかなかったのです。

近畿地方の大名や、公家たち、身分の高いキリシタンが、いっせいにかり集められ、北の果ての津軽へ流された時、京都の花見小路隆麿も、はいっていたのでした。

「当時、菊姫さまは、まだ生まれたばかりの赤ん坊で、母上さまには、それはそれはおつらい旅でございました。空気のおだやかな、京とはちがい、雪と氷にとざされた北の国のきびしさがおからだにさわったのでございましょう、津軽におつきになりますとすぐ、おなくなりになりました・・・。」

菊姫はその時から、うばのふところで育てられたのでした。

それまで、水仕事一つしたこともない大名の奥方や姫君たちも、流刑地では、凍った石のような土を、たがやさなければなりません。

水をくみ、木をかり・・・生まれてはじめての荒仕事は、やわらかな皮をやぶり肉をさきました。次々と、過労に倒れ、風土病におかされて息をひきとっていきます。

「菊姫さまはそんな地獄のような中で、おじいさまにきびしく信仰と学問をさずかっておそだちになりました。お父上の藤麿《ふじまろ》さまは、菊姫さまが五つの冬、聖地ローマへ渡られるため、ひそかに津軽をぬけだされました。その後・・・何のおたよりも聞きません・・・。」

いつのまにか菊姫が、たもとに顔をうずめすすり泣いています。

さびしい苦しい長い昔が、うばの物語に一ときに思いだされてきたのでしょう。

口を一文字に結び、まばたきもしないで聞いていたゆりの目にも、きらきら光る涙があふれていました。

夢幻斎はじいっとうで組《ぐ》みし、目をとじています。夢幻斎のとじたまぶたの裏には、死よりもつらい流刑地のくらしに、あえぎつづけるキリシタンたちの姿が、いたいたしく描かれているのでした。

「このたび、菊姫さまはおじいさまの密書《みっしょ》をあずかり、富山までまいる途中でございます。この手紙には、津軽のキリシタン一同の命にかかわる大事が……。」

「わかっておる!」

夢幻斎が、うばのことばを止めました。

「安心されるがよい。菊姫は無事に役目を果たされるであろう。じつは……。」

その時、うばは、きゅうに、がっくりと、首をおとしました。

「ああっ! ばあや!」

とりすがった菊姫の声もおそく、もうその時、うばの魂は天国に飛んでいたのです。

夢幻斎に菊姫をあずけた安心と同時に、はりつめていた命の綱が、ぷっつりときれたのでしょう。

「ばあや! ばあや……新次郎さま!」


菊姫は、そのなきがらにとりすがり、声をふるわせて、泣きくずれました。死者は天国へ旅だち、天の御父《おんちち》のもとに呼ばれるのだというキリシタンの教えは信じていても、やはり菊姫には、うばの死は悲しいのです。まして、うばが一ことも口にせず、息たえたものの、最後に、どんなにか、ひとりむすこの新次郎に、あいたかっただろうと思うと、胸もはりさけるようでした。

じつは……といいかけた夢幻斎は、何をうちあけるつもりでいたのでしょう。それっきり、貝のように口をつぐんだ夢幻斎は、金《きん》むくのマリア像の前で、静かに祈りのことばをとなえはじめています。

【わかれ】

「あれから、もう一か月もたつのですね。」

　菊姫は、ゆりにいいました。あたりの木の葉や草に、強い山の日ざしが、きらきらふりこぼれていて、空には、急に輝きをました白雲が、ゆうゆうと飛んでいます。

　どこかで、はやいせみの声が聞えていました。

「これから、山は、もっともっとよくなるのに……。」

　ゆりがためいきのように、つぶやきました。いつのまにか、ゆりのぼうぼう頭は、きれいにくしけずられて、菊姫のように、愛らしくととのえられています。

　着ているものも、今までのぼろとはちがい、こざっぱりとした小《こ》そでてでした。こうして見ると、ゆりは菊姫とはちがった美しさに輝いて、思わず、人がふりかえるような、かわいらしく、りりしい少女でした。菊姫を、名のようなかおり高い純白の白菊にたとえるなら、ゆりは、山の奥ふかくで、火のように燃えて咲いている紅《べに》つばきでしょうか……。

　ふたりの立っている山ふところの草の中に、ま新しい白木の十字架が、かくれるように立っています。

　いまは天国にいる、うばのお墓なのでした。

「ばあや！　いよいよおわかれよ、わたしはきょう、山をおります。おまえのなくなった後、わたしも病気でたおれました。でも、もうこんなに元気になったので、一日も早くまいります。ゆりちゃんが、ばあやのかわりに行ってくれるんですよ。」

　生きている人にいうように、菊姫はお墓に話しつづけます。

ゆりは、夕月の首をかかえて、何度も何度も、ほおずりしています。

菊姫にしたがって、いよいよこのなつかしい山にわかれるのかと思うと、ゆりはことばもでないほどかなしいのでした。一本の木、一本の草にも、ゆりは思い出を持ち、なつかしいのです。まして、ただひとりの人間の友だちもなかったゆりにとって、シカの夕月は、じぶんの命にもかえたいような親友です。

（夕月、かなしいよ……おまえをのこしていくなんて……これから、だれがおまえをあらってやるの？おまえはだれと山をかけまわるの？）

ゆりは、目に涙をいっぱいためて、胸の中で夕月に話しつづけているのです。

菊姫は、ゆりが物心がついて、はじめて知ったなつかしい少女でした。夢幻斎の源じいは、もう空気のようで、なつかしさもこわさもかんじない人です。でも、山で育ったゆりにとっては、夕月が人間のだれよりもなつかしいのです。

（源じいが、菊姫さまを守っていくようにっていうんだもの……。）

ゆりは、小さい時から、源じいにしこまれていて、剣術も一通りはこころえていました。身をまもるやわらも教えこまれています。その上、自然のうちに野ばなしにされたおかげで、いつか山伏をおどかしたような、人わざとは思えない身がるさも、身につけていました。

「菊姫、ゆりをつれていけば、のろまの男のふたりや三人よりは、心強いことがわかるでしょう。」

夢幻斎はそういって、ゆりを山から出すことにきめたのです。

「そろそろ、出かけた方がよくはないかな。」

いつのまにきたのか、うしろに夢幻斎が立っていました。

「はい……。」

菊姫もゆりも、あわてて涙をかくすと、きりっと立ち上がりました。

「じい……じいもさみしくなるねえ。」

ゆりが、むりに笑おうとして、かえって泣きべそになった顔つきで、夢幻斎をみあげました。

「ふむ……ゆりのようなやんちゃ坊主は、世の中には、またといないからなあ。」

からから笑ってみせた夢幻斎の顔も、どことなくさびしいかげをたたえています。

「では、気をつけていくがよい……。」

「もみじの時には、きっと、きっと帰ってくるよ。」

「よしよし、だが、ゆうべもよく話したように、これからのゆりは、菊姫と、どこまでもいっしょにいくのだよ。」

「あっ……もし木暮新次郎さまがあとへたずねて来ましたら……。」

菊姫のことばを、さえぎるように、夢幻斎は、強くうなずきました。

「わかっておる。しかし、わしのみるところでは、木暮新次郎は、おそらく、もう山をおりて、菊姫が先を歩いているものとおもい、予定の道すじを走っていることであろう。かならず、天の御父のおみちびきで、どこかでめぐりあうだろう。」

菊姫はそっと十字をきり、いのりました。うばのお墓にわかれ、たのもしい夢幻斎のふところをとびたつ今となっては、一日も早く、兄ともたのむ新次郎にあいたいおもいでいっぱいです。

「さらばじゃ……。」

峠に立って見送る夢幻斎に、菊姫とゆりは、何度もふりかえり手をふりました。

「夕月、もういいよ、かえって…．じいのそばにいてあげて…．。」

どこまでも送ってくる夕月に、ゆりがたのむようにいいます。それでも夕月は、まるいひとみをむじゃきにゆりにむけて、どこまでもついて来ようとするのです。

「おねがい！　夕月！　たのむから帰って！　そんなに…．そんなについてくると、かなしくって、山をおりられないじゃないか！」

ゆりはとうとう、ぼろぼろ大つぶの涙をこぼしながら、口とは反対にしっかりと夕月の首をだきしめました。

やっと、ゆりのことばをききわけたように、しおしおとかえっていく夕月を一歩、二歩…．追いかけて、ゆりははっと立ちすくみました。

わたしは、もう、山のゆりではないのだ！　夢幻斎にいい聞かされたことばをおもいだしたのです。

ぱっと、ふりむくと、気が狂ったように、山みちをかけおりていきます。

「まって！　ゆりちゃん！」

菊姫はおどろいて、そのあとをおいかけました。

「ゆりちゃん…．ゆりちゃん…．。」

ゆりは、あとをふりむきもせず、髪をなびかせて走りつづけるのです。

その両ほおに、涙が、光りながら、あとからあとから、流れつづけていました。

菊姫がやっとおいつくのを、ゆりはもう、夢幻斎も夕月もみえない木の下にすわって、待っていました。

「ごめんね…．ああしないと夕月にも、じいにもわかれられなかったから。」

にっと笑ってみせるゆりを、菊姫は思わずだきしめました。

「ありがとう……ゆりちゃん。」

そのとき、菊姫が、あっと声をつまらせました。

【おたずね者】

「これは！　これは新次郎さまの手ぬぐいです。」

菊姫は、喜びに声をふるわせました。山道の草の中から、一枚の布ぎれを拾いあげると、しっかり胸に抱きしめました。

「やっぱり！　やっぱり、新次郎さまはこの道を下っていったんだわ。」

手ぬぐいは、津軽で菊姫がそめつけた草《くさ》ずりの菊のもようがあったので、木暮新次郎のものにまちがいありません。

「新次郎さんは、菊姫さまが山にいることを知らず、おっかけていったのね。」

「あら、もう菊姫さまは、よしたはずでしょ。里の人にあやしまれぬように、ねえさまと呼んでくれるはずでしょ。」

菊姫のやさしいとがめに、ゆりは恥ずかしそうに赤くなりました。

「じゃ、ねえさま……。」

「じゃは、よけいよ。」

ふたりは顔を見合わせて、笑い声をあげました。

木暮新次郎が、ともかく、何日か前に、この道を通り、自分たちの行く前を歩いているのです。そう思うと、きゅうに、はてしないように考えられた旅の不安が薄らいできました。

足どりも軽くなって、予定より一里《り》ばかり先の里まで足をのばし、夕ぐれ、やっと一軒の宿にわらじをぬぎました。

「ああ、あ、とうとう山をおりてしまった。」

へやに案内されると、すぐ、ゆりは、でんと、座敷のまん中に、大の字にねっころがってしまいました。

着なれない女の衣装やおびが、一日手足にまといついて、窮屈だったのでしょう。

「ゆりちゃん！　女中がくるわ！」

菊姫があわてて、ゆりをたしなめると、ゆりは、くるっととんぼがえりでおきなおり、すわりました。ところが菊姫は、その姿をみて思わずふきだしてしまいました。

「ゆりちゃん！　女の子のすわり方！」

菊姫にやさしくにらまれ、あっと、ゆりは頭をかきました。山でしていたように、むんずと、あぐらをかいていたのです。かわいい花模様の着物をきた女の子が、あぐらをかいているのをみたら、宿の女中が腰をぬかすほどびっくりすることでしょう。

あわてて、窮屈そうにすわりなおしたとたん、

「ごめんくださいまし。」

と、男の声がして、宿の番頭と女中がはいってきました。

「お客さまにお願いがございまして——。」

番頭はぺこぺこ頭を下げながら、しきいぎわでもみ手《て》をしました。

「じつは、こんな人相書《にんそうがき》がまわってまいりまして……この男をみかけたものは、すぐに届けるようにと、きついおたっしでございます。お客さまが旅の途中で、ちらとでもおあいになれば、すぐ、もよりの番所《ばんどころ》へ届けろとの事でして……。」

番頭はぺこぺこしながら、一通の人相書を菊姫の

方へさしだしました。

ちらっとそれをみて菊姫の顔がさっと、青ざめました。でもすぐ何気ないふうで、

「この人相書の人が何をしたのですか?」

「へえ、何でも、この先の宿で、お役人を何人か殺したとか、傷をつけたとかでして……お役人というのも、何でも変装して諸国を回っている隠密《おんみつ》(探偵のこと)たちだとかいうことでして、へい。」

「まあ、こわいこと……これだから女だけの旅なんて恐ろしくなってしまいますわ。」

菊姫は、さもこわそうに肩をすくめてみせました。番頭が人相書をおいたまま、次のへやに立ち去ると、菊姫は、わなわなふるえながら、人相書をとりあげました。

「ゆりちゃん! これは新次郎さまですよ。」

「ええっ!」

ゆりも、さすがに、驚いて目をみはりました。みると、人相書には、前髪だちのりりしい美少年がくっきりと描かれています。

「どうしよう……新次郎さまはご無事かしら……。変装した隠密というのは山伏になってわたしをつけまわしている幕府の隠密たちにちがいありません。」

「だいじょうぶだよ! 人相書が回っている間はつかまってない証拠だもの。」

ゆりはのんきそうに菊姫を慰めました。

寝床にはいると、ゆりはすぐ、すやすやと寝息をたてはじめましたが、菊姫は眠れません。

――新次郎さまは、どこにいらっしゃるのだろう。あんなきびしいせんぎをうけていては、宿屋に泊まることもできず、どこかの森の中か、橋の下で寝ているのではないでしょうか。――

いつになったらあえるのだろう・・・菊姫が、新次郎のことを次から次へ心配しながら、やっと、とろとろしかけた時でした。

「ピリピリッ、ピリッ。」

こまくにつきささるような呼子《よびこ》の笛の音、菊姫は、がばっと、寝床にとびおきていました。

【すくいの神】

「たいへんですっ！　たいへんですっ！　とり物《もの》です。」

あわただしい女中たちの声に、いつのまにか宿屋じゅうがざわめきたってきました。

「あの人相書のお尋ね者がみつかったらしい。」

廊下を走る人の声に、菊姫のひとみが、ぱっと輝きました。

「ゆりちゃん！」

ふりかえったゆりの寝床は、もぬけのからです。

「ゆりちゃん！　どこへいったの！」

顔色をかえて菊姫が声をはりあげた時、窓の外のやみの中から声がしました。

「すごい！　とても強いよ、あんなにたくさんに囲まれて、きりまくってる！」

ゆりが、いつのまにか屋根に出て、におう立ちになって下の騒ぎを見ていたのです。

「あぶないっ！　ゆりちゃん、おはいりなさい。」

「へっちゃらよ、山の木のてっぺんより低い屋根だもの。それより菊、ちがった、ねえさまもきてごらん。」

菊姫は、ゆりのみている追われている人というのが、新次郎なのかと思うと気が気ではありません。

「あっ、あぶない、なわが左手にかかった。」

「ええっ?」

「だいじょうぶ、きっちゃったよ。」

菊姫は、恐ろしさも忘れ、自分も屋根に下りかけました。しかし、追われているのが新次郎としたら、ぐずぐずしてはおられません。どんなことをしても自分のいることを知らせなければ……。

「ゆりちゃん！　行きましょう！」

菊姫は、ゆりをせきたて、急に旅じたくをすると、急いで宿を駆けだしました。

そのうしろ姿を、目つきのよくない商人ふうのふたりの男が、おたがいに目でうなずきあって見送ったのを、菊姫もゆりも気がつきません。

「どうです?　あのふたりは?」

「ふん、両方ともつかえるな。」

「やっちまいますか?」

「うん、よかろう。きょうだいらしいが、ぬかりはないな。べつべつに引き離してしまえ。」

「がってんです。」

「こどもの足だ、すぐ追っていけ。」

若い男の方が、着物のすそをからげたかとおもうと、もう矢のように外へとびだしていきました。

「ふん、こんどの旅は、すっかりしけていたが、思いがけない所で拾い物をしたぞ。」

主人らしい残った男は、ずるそうにひとり笑いすると、ゆうゆうとへやにひきあげていきます。

「こっち！　ゆりちゃん、はぐれないで。」

菊姫は、むちゅうで、ゆりの手をひきながら、町すじから町すじへと駆け続けました。

宿の屋根から見おろした時は、すぐ目の下のように思ったのに、新次郎がおっ手に囲まれていた川岸までは、なかなか近づけません。

「こらっ！　どこへいく！」

ふたりの前へばらばらっと、とり方《かた》が現われ道をふさぎました。

「こんな真夜中に、どこへ走るのだ。」

「は、はい……。」

「今、とり物があるのを知っていよう。おまえたちの走っていく方角の騒ぎが聞えぬわけはあるまい。どこへ行く。」

「は、はい、川向こうのおばが、きとくで……。」

口ごもる菊姫の前へ、はっと、ちょうちんの灯がつきつけられました。

「うそをつけ、旅じたくをして川向こうまで行く者があるか、いわくありそうな姿かたち、問いただすことがある。」

「えっ、あの、お許しくださいませ、こうしている間もおばの身が……。」

菊姫が、おろおろといいわけをするのをせせら笑い、役人がばらばら駆けよって、むずと、ふたりの腕をうしろへねじあげました。

「な、なにをするっ！」

ゆりが、怒りで顔をまっかにし、身をひねったからたまりません。ふいをつかれた役人のひとりが、ゆりの頭をこえて、もんどりうちました。

「や、や、子どもと思って油断すれば、わざを使う、油断するなっ！」

たちまち、もうひとりの男がゆりにおどりかかった時です。

うしろの方から、あわただしく駆けつけてきた男が、いきなり、騒ぎの中へ飛び込んできました。

「お、おじょうさま！　ああ、追いついてよかった！」

男は、役人の姿が目にもはいらないように、息をはずませ、菊姫の前に腰をかがめました。

「きゅうにお姿を見失ってあわててしまいました。わたくしめが、かごを捜している間に、いらっしゃらなくなったのであわててしまいました。」

「男！　おまえはこの女の何だっ？」

「お、これはお役人さま！　わたくしめは、このおじょうさまの下男《げなん》でございます。五里向こうの町から、川向こうまでおともしますので。」

菊姫がとっさのきてんで叫びました。

「杉作《すぎさく》！　お前がぐずぐずするから、こんなことになったのです。お役人にとがめられて、ええ、ばかもの！　おまえのおかげで、おばさまのご臨終にあえないとどうします？」

「おじょうさま！　お、おゆるしください。」

男はきゅうにおろおろ声をつくり、役人にも菊姫にも、ぺこぺこばったのようにおじぎをしました。

「よしっ、行け！　ただし、とり物のじゃまにならぬよう川下へ回れ！」

「へ、へい、ありがとうございます。」

まだピリピリッと、するどい呼子笛が呼びたてるので、役人たちは、やっと菊姫とゆりの手を離し、とり物の方へ駆けさっていきました。

「ありがとうございます。こんな、危急《ききゅう》をお助けいただきまして。」

菊姫は役人の姿が消えるのをまちかね、見しらぬ男に頭を下げました。

「ハッハッハ、いやなに。ちょっと、ものかげで聞いていたら、ご難儀のようなので、わざと引き返して、一《ひと》しばいうったまでですよ。」

「とっさの事とはいえ、あのような失礼申しあげて。」

「いやなに、なかなかおじょうさんも千《せん》りょう役者だね。」

菊姫は、夜目《よめ》にもぱっと首すじまで赤くなってしまいました。その間もしだいに遠ざかるとり物の騒ぎの方が気になるらしく、そわそわと、うしろをみがちです。

「では、これで・・・。」

「おっと、待った！　こんな真夜中、役人じゃないが、どこへ行きなさる？　どうせ、今夜はこの辺一帯、人あらためで、川は渡れませんぜ。とにかく、わたしの家へ来て一晩やすんでからおたちなさい。」

「いいえ、じつはわけがありまして、どうしても、今夜・・・。」

「ふーむ、おまえさんたち、あの追われてる人の身うちらしいな。」

「ええっ？」

「ハッハッハ、いや、その驚きようが何よりの証拠。そんなにびくびくしなくてもいいよ。わたしも、いったん助けた以上、またむざむざと役人どもに、おまえさんをつきだすようなまねはしない。それより、そうと決まれば、のりかかった船だ、いっそ助けてあげよう。」

「そ、それは・・・。」

「ほんとだとも！　ま、安心してついておいでなさい。あのとり物の結果は、うちの命しらずの者たちにみとどけさせてあげよう。」

「まあ・・・。」

菊姫はありがたさに声もでないふうです。

「こっちが近道だ。」

男はふたりを案内してすたすた夜道を歩きはじめました。菊姫も、まるで磁石に吸い寄せられるように、ゆりの手を握りしめてそのうしろにしたがいました。

【おそろしいわな】

「またこっぱ役人にとっつかまるとうるさいから。」

男は、大通りからはずれて、小道から小道へ案内していきました。

「川下の方にわたしのうちがあるから、いっそ船でおりてしまった方が早い。」

ひとりごとのようにいって、男は暗い川岸へ出ていきました。

さっきまで聞えていたとり物騒ぎの物音や声が、きゅうに、しいんと静まりかえり、何ひとつ聞えなくなりました。

菊姫は、じっと耳をかたむえて、さぐるようにしていましたが、不安とおそれで、ゆりの手をしびれるほどにぎりしめてきます。

男は川ばたに下りていって、もやっていた船の中の男と、ひそひそ話しあっているようです。

「ゆりちゃん、聞えて？　聞えないわね。」

「うん、もうつかまってしまったのかしら。」

「えっ！　そうなら、どうしましょう。新次郎さんは、強くてめったにそんなことはないと思うけど、ひとりに大勢では……。」

「だから、ねえさまは、うろうろしないで、あたいを助けにやらせてくれればよかったのに！」

ゆりが、くやしそうにいいます。その時、男が川岸から上がってきてふたりをさしまねきました。

「船頭が寝ていてぐずついたが、いってくれることになったよ。すぐ、おのんなさい。」

男にすすめられて、身がるなゆりが、川岸からぽんと船にとびうつりました。菊姫が足元に気をうばわれて船の方へ身をかがめた瞬間でした。

いきなりうしろからにゅっとのびた男の手が、菊姫の口をふさぎ、片手がむずとうしろから菊姫を抱きよせていました。

「な、なにをする！」

呼んだ声も出ず、ばたばたもがく間に、菊姫は手早くさるぐつわをかまされていました。

「あっ。」

と一息《いき》うめくと、あて身をうけて、ぐったりと気を失っていました。

「早くおいでよ。」

何も気のつかぬゆりが、船の中から呼びかけた声も、菊姫の耳にはもうはいりません。

とん、と船頭がさおを一つきし、船がぐぐっと岸を離れました。

「あっ！　ねえさまっ！　菊姫さま！」

ゆりは、はじめて気がついてするどい声を上げました。

「どうしたの！　どうしたの！　とめてくれ！　この船、とめろ！」

川岸のやみの中に、黒い人影がかさなりあって、遠ざかっていくのがみえます。

「ねえさま！　ねえさまあ！」

ゆりは、船ばたにとりついてじだんだふみました。

山で育ったゆりは、どんな高い木のこずえにでも駆け登ったり、けもののように急な山道を走り回ることはできますが、泳ぎはしりませんでした。

「うるせえな！　もういいかげんにしろ！」

船頭の外に、だれもいないと思っていた船の中から、太い声がしました。

「いいところへつれてって、おもしろいもの見せてやるから、あきらめておとなしくしな。」

「おまえはだれだ!」

「ハッハッハ、名のってもはじまらねえよ。」

「ち、ちくしょう! 人さらいっ! だましたな。」

叫ぶより早く、ゆりは、ぱっと男にとびついていました。

「ちっ! いてて‥‥。」

男は悲鳴をあげました。

ゆりがとびついたとたん、肩さきにがぶっとかみついたのです。

「離せ! こらっ! ちち!」

男はゆりをふりほどこうとしますが、ゆりはしがみついて離れません。

「ちくしょうっ!」

ゆりは、かわいらしい女の子の姿も忘れ、髪をふりみだし、目をらんらんと光らせました。山の娘のゆりの血が、きゅうにからだじゅうにもえるようにかけめぐっていきます。

人さらいにだまされたんだ! そう思うとくやしさでじだんだふみたいようです。

「ふん、こいつはこどもとみくびっていたらとんでもないやつだぞ、しばっちまえ!」

かしらめいた男の声に、船頭の方が、ゆりにとびかかりました。そのとたん、船頭はどこをどうつかまれたのか、とんぼかえりをうつように船《ふな》ばたに頭をうちつけました。やっとしがみついたからよかったものの、もう一息で水中へまっさかさまに落ちるところでした。

「じたばたするな!」

こんどは男が油断なくみがまえて、ゆりをとりおさえようと襲いかかってきます。せまい船の中でふたりの男とゆりが格闘をするので、船は今にもひっくりかえりそうにゆれつづけます。

水の上なのが、ゆりには何としても不利でした。とうとうふたりにとりおさえられ、船底に、おさえつけられてしまいました。

ゆりの思いがけない反抗にどぎもをぬかれた男たちは、気をゆるさず、たちまち、ゆりを身動きできないほどしばりあげました。

にくにくしそうに、しばりあげたゆりのからだをけりながら、

「ふうっ！　ひでえめにあわせたな、これからは、おまえのあつかい方は心得たよ。」

「かわいらしい顔をしてながら、たいへんな子どもだね。」

男たちは顔をみあわせて、内心舌をまいています。

ゆりは、いもむしのようにころがったまま、目だけを、かっと、くうに開いていました。

らんらんと、火がついたようなひとみの中に、くやし涙がもりあがっています。

——菊姫さま！　ゆるしてください、じい！　くやしいっ！——

ゆりは心の中で叫びつづけました。

【美しいかごの鳥】

「菊姫さま！　菊姫さま！」

（あ、新次郎さまがよんでいる……。）

はっと気がつくと、菊姫は身うごきしました。

「お気がつかれましたか？」

いつのまにか御殿女中《ごてんじょちゅう》ふうの矢がすりの着物をきた少女が、菊姫の顔をのぞきこんでいます。

（夢だったのだ……新次郎さまのよび声は……。）

菊姫は美しいひとみをうるませて、はじめて自分のいるへやをみまわしました。

はなやかなきぬのやぐ、桃色のまくらぼんぼり、床の間に白しゃくやくがいけられ、らでんざいくの手《て》ぶんこや、きょうだいなど……。

「ここはどこなのでしょう？」

気がついてみると、からだのふしぶしに、いたみがのこっています。矢がすりの少女はきゅうにおしになったように、何一つ答えようとしません。ただ手だけを、かいがいしくうごかして、菊姫の髪をなおしたり、新しい着物をきせかけたりするばかりです。

――そうだ、宿屋で新次郎さまがおっ手《て》にかこまれたのをみつけ、ゆりちゃんとふたりでかけつける途中、みしらない男にかどわかされてしまったのだ。

――からだのいたみは、あの時、川ばたで、ひっ死にさからった時のなごりなのでしょう。

ゆだんはならないと、菊姫はとっさに胸の中でかくごをきめました。

ここがどこか？　なんのためにこんなにてい重《ちょう》にあつかわれるのか、今にさぐりだしてみよう。それよりも新次郎さまとゆりちゃんの方をお守りください。

菊姫はそっと目をとじると、まぶたにくっきりとうかぶ、聖母マリアのみすがたに向かっていのりをささげました。

「気がつかれたかな。」

廊下からはいってきたのは、四十四、五のどっしりとした商人ふうの男です。宿屋で菊姫たちをみつけ、あとを追わせた男だとは、菊姫のしるはずがありません。

「悪いようにはせぬ。おとなしくいうことをきいてくれれば、たいていののぞみはかなえてあげよう。よいかな。しかしもし、わしらの目をごまかし、にげだそうとしても、あんたのからだには毒ぐもの糸のように何千本ものつながとりついていて、ひきもどされるものとかくごをきめた方がよい。」

「おまえは何者です！」

「ほう、やさしい顔ににあわぬ気の強いお姫さんじゃな。しかし、気にいった。その方が、わしらの仕事には、いっそう、つごうがいいのじゃ。」

男は、するどい目のすみで、にやりと笑うと、ひとりでうなずいています。

その日から、菊姫にはふしぎな毎日がはじまりました。朝おきて夜ねるまで、おしのように無口な矢がすりの少女が、つきそって、何ひとつ不自由はないように気をつけてくれます。食事も着物もまるでどこかの大名の姫君のように上等なものばかりでした。

いれかわり、たちかわり、人がやってくるのは、菊姫に、お茶、お習字、おはな、ことなどを教えるための師《し》しょうたちでした。

何をやらせても、菊姫はひととおりのことを知っていました。津軽で、ふしあわせな流人《るにん》の身の上であっても、菊姫はそれらのことはなくなった新次郎の母から、きびしくしこまれていたのです。

「なかなかごりっぱなお姫さまぶりじゃな、どの師しょうも舌をまいてかんしんしている。ところで、きょうからおまえは鈴姫《すずひめ》という名前のお姫だよ。忘れずにいてもらいたい。今まで何度きいても自分の名をいわぬおまえに、こっちで名前をつけてあげるのだ。鈴姫！　鈴姫になりとおすことがおまえのこれからの仕事だ。よいな、わかったな。」

菊姫は、口もきかず、じっと男をみあげました。今ここでさからっても、ねずみ一匹にげだすすきもなく、みはっていられるやしきです。いっそ、このえたいのしれぬ男の命令にしたがう風《ふう》をして、このやしきから外へ一日も早く出て、にげだすすきをみつけなければなりません。男は、今は浪花屋清《なにわやせい》吉《きち》と名のって、表むきは、ゆうふくな小間物商《こまものしょう》とみせかけていますが、もとは、どこかの武士だったらしいと、菊姫はみぬいていました。何か今、大きな悪事をけいかくして、その道具の一つに菊姫を利用しているらしいとさっしられます。

ある日、清吉がひとりの老婦人をつれてきました。白い髪を一つにたばね、ねずみいろの被布《ひふ》をきた習字かお茶の師しょうのような老婦人は、だまって菊姫の前にすわると、はっと、おもわず両手をつきました。

「鈴姫でございます、いかがでございますか?」

清吉のことばに、老婦人は、やっとおどろきからさめて、

「聞いたよりも、ずっと、似ておいでておどろきました。鈴姫さまの御母上の琴姫《ことひめ》さまのお若い時にあまりに生きうつしなので、時間がさかさにながれたかと思いました。」

「はっはっは、戸浪《となみ》さまが、そうおっしゃってくださるなら、もう大じょうぶです。」

清吉と、戸浪とよばれた老女は、目をみあわせて、得意そうにうなずいています。

菊姫は、まもなくこのやしきから出られる日が近づいたことを、なんとなく感じました。

【足かせ】

「おい、山《やま》あらし、酢をのんだか？」

片目の男が、ゆりの肩をあらあらしくこずきました。ゆりは、だまって、足もとのからになった五合《ごう》ますをけっとばしました。

「ふん、だいぶおとなしくなってきたな。よしよし。わかったな。ここへつれてこられた以上、どんなにじたばたしたって、はじまらないと、かくごをきめた方がいいんだよ。おまえは、さいわい、すばしっこくて身がかるいから、すぐ、みんなにかわいがられるさ。」

片目の男は三公《さんこう》とよばれている手《しゅ》りけんなげです。この軽《かる》わざの一座につれてこられていらい、ゆりのかんし役をつとめています。

「あとで、つなわたりをおしえてやるから、今のうち、すこしやすんでいな。」

三公は、そういうと、ゆりの足にぴちっと足かせのかぎをつけ、たちさりました。

ゆりは、菊姫とひきはなされ、船で川下へつれだされた後、何日かたって、港へおろされたのです。そこに小さなかごが待っていて、ぐるぐるまきにされたゆりは、荷物のようになげこまれ、どこともしれず、はこばれました。

ひきだされたところは、かなり大きな軽わざ小屋でした。山でそだったゆりは、軽わざ小屋が何をするところか、全然知りませんでしたが、三公が日に一しょうの酢をのみきらなければ、からだがやわらかくならないとか、曲芸にむかないとか、教えこむので、しだいにわかってきました。

まんまくのかげから、のぞかせる曲芸もゆりにとってはなんでもありません。山の上で木から木へかけめぐり、とびまわったことをおもえば、こんな小屋の中のつなわたりなど、こっけいなくらいかんたんです。

でも、ゆりは、むっつりとして、じぶんがそんなことはへいきだとはおくびにもだしませんでした。

何か気にいらないと、全身に針をたてたようにいきりたって、だれにむかっても、かみついていったりあばれたりするので、いつのまにか、山あらしというあだ名がついています。

「さあ、きょうはこれから親方が、おまえのしけんをしてくれるんだよ。」

しばらくしてやってきた三公が、ばちんと足かせのかぎをはずしました。

「おい山あらし、だいぶてこずらせたな、でもな、おまえは、高い金をはらってこの小屋が買いとったんだから、ぜったい逃がしっこないんだよ。かくごして、早くこの座の花形になった方が身のためだよ。」

親分は、ゆりのあかだらけのくせに、なんともいえない、かわいいかおだちをみると、さもゆかいそうに腹をゆすって笑いました。

「さ、あのつなをわたってみな。」

おとなの目の高さぐらいにはられたつなを、ゆりはふんと、せせら笑いました。だまって小屋のすみにいくと、あっというまもなく、小屋かけの柱にすいつき、するすると、上りはじめました。さるよりすばやいそのどうさに、下にいる男たちが、あっと息をのみました。みるまに天幕《てんまく》のてっぺん近くまで上ったゆりは、そこにしばりつけてあるなわばしごをはずし、ひらっとその下はしにとびつきました。あっあっと、下で男たちが声をあげました。

ゆりが、山あらしのようになって、あばれたりかみついたりするどうさで、そうとう身がるですばしこい少女だとは気がついていましたが、まさか、こんな大《だい》たんふてきなことをするとは、夢にも思いませんでした。

「ばかっ！　あぶない！　おりてこい！」

三公があきれてどなりました。

しかし、ゆりは小ばかにしたように、上からにっと笑うと、思いきり足をけって、なわばしごをゆりはじめました。

「あぶないっ！　それは曲芸用のはしごとちがうんだぞ！」

曲芸用のつなやあみを、しめたりはずしたりするための、道具方の使うはしごは、そんなにじょうぶなひもでできていません。はらはらしてどなる三公や親方の声など、もうゆりの耳にはとどかないのでした。

高い高い天幕のてっぺんでゆれていると、なつかしい山のみねみねが、目の前にかすみわたってくるようです。

「じいっ！　夕月！　菊姫さまあっ！」

ゆりは、おなかの底から声をしぼりあげてわめきました。

けれども下にいる男たちの耳には、はしごのうなり声とまじって、ゆりがただ、けもののようにほえてないたとしかとどきませんでした。

ひょいと、むこうがわのはしにとびつくと、ゆりはまた、するするっとおりてきました。

ほっぺたが赤く上気して、目がらんらんと、いつもよりもっと輝いているだけで、ゆりは今、あんな命がけのむてっぽうなことをしたふうもなく、けろりとつったっています。

「ふーむ！　山あらし！　みなおしたぞ！」

ぽんと、ゆりの肩をたたいて、上気げんの声を出したのは親方でした。

その翌日から、その軽わざ小屋のかんばんには、でかでかとま新しいかんばんが一枚ふえました。

「初《はつ》げんざん、百合香大夫《ゆりかだゆう》、命がけの大曲芸!!」

口上が、きいきい声でよびたてる上に、かみしも姿のゆりが、一本歯《ば》の高《たか》げたでつなわたりの図がかかげられています。

「まだ、おっぱいのほしそうなあどけない女の子ですよ。それがまあ、目もくらむような高い所で、あんなこわい曲芸するんですもの。」

みてきたばかりの町娘たちが、うっとりした目つきでゆりのかんばん絵にみとれています。

ゆりの百合香大夫の曲芸のうわさは、たちまち町じゅうにひびきわたりました。

「なんとかして、ここを逃げださなければ・・・。」

ゆりは、小屋で、おしろいをおとしながら、心の中で思いつづけていました。

もう、山を降りて何日になるでしょう・・・。

あの川ぎしでわかれたきりの菊姫は今ごろどこにどうしているのでしょう。

――ゆり! おまえは、菊姫を命にかえても守るために、山をおりていったのだよ! 忘れるな・・・忘れるなよ・・・。――

どこからか、じいのきびしい声がひびいてくるようです。

「じい! ゆるしてっ!」

ゆりはぽろぽろ大粒の涙をこぼして身をふるわせました。ぎちぎちと、足かせがぶきみな音をたてます。

ゆりが思いの外《ほか》、曲芸ができ、一やく花形になったのをみて、親方は、ゆりをたいせつにするどころか、かえって、逃げられては一大事と、前よりもっと、見はりをつよめたようでした。

同じ人間がみはりについていて、仲よくなってはだめだと、みはりは毎日毎日人をかえます。

ごちそうは、前よりずっとよくしてくれ、ほしいものはたいていあたえるようになりましたが、足かせだけは、はずしてくれません。

【めぐりあい】

その夜のゆりの番人は、千代《ちよ》という少女でした。菊姫より二つぐらい年上らしい千代は、びっこでした。

舞台にはたてないので、座員の楽屋の世話や洗濯など、女中のようにこきつかわれているかわいそうな少女です。


ゆりの横に、みはりのためいっしょにねながら、千代はしみじみいいました。

「百合香ちゃん、あんた、今、逃げることを考えているのでしょう？」

「えっ。」

ゆりは、はっとして顔色をかえました。たった今、この気よわいおとなしい千代を、なんとかごまかして、足かせをといてもらえないかと考えていたところだったからです。

「それなら、だめよ。わたしのびっこ、どうしてこうなったかしっている？」

「いいえ？」

「もとはねえ…わたしも今の百合香ちゃんのように、この一座の花形だったの、おどりもできたし、歌もうたえたし、曲芸だって、うまかったわ。」

「それがどうして…。」

「やっぱり、にげだしたくって、そして、あるばん、とうとう、にげだしたのよ。すぐ、みつかってしまって。後から手りけんをなげられたわ。いつだってここには、手りけんなげの名人がひとり、ふたりはいるでしょ？　それが足首につきささって、このとおりよ。前よりもっとみじめになってしまった……。」

ゆりは千代がかわいそうで涙がのどにつまってしまいました。

「そのうち、いいこともあるかもしれないわ。わたし、じぶんなんかもういいから、いつか、きっと、百合香ちゃんをにがしてあげる。でも早まってはだめよ。」

千代がそうささやきおわったときでした。

急に、小屋がざわめきたって、はげしい人ごえが聞えてきました。

「気をつけろ！　賊《ぞく》がはいった！」

「御用だっ！」

ゆりと千代がはっとねどこにとびおきたとたんです。黒い人かげが、むしろのかげからとびこんできました。

「おねがいです。かくまってください。」

あかりがきえているので、むしろかべからもれるほのかな月明りしかさしていません。

まだ若そうな男の声ですが、ひどく弱りきっている苦しそうな声です。ものもいわず、ゆりはじぶんのふとんを、人かげにかぶせました。

「百合香！　千代！　気をつけろ、江戸おくりの賊が、かごを破ってにげこんだらしいのだ。」

三公らしい声が入口から声をかけて走りすぎます。

「千代ちゃん！　どうしよう。」

ゆりの声に、千代がきっぱりとうなずきました。

ゆりの後に衣しょうつづらが、つみかさねてあります。

「あそこへ。」

ゆりもしっかりとうなずきました。大いそぎで、一ばん下のつづらに、にげこんだ男をおしいれました。

「かたじけない。恩にきます。」

「しいっ!」

男のはいった上へ衣しょうをなげこみふたをして、もう一つのつづらをのせたとたんです。

「へやあらためをする。」

入口で御用ぢょうちんをもった役人が声をかけました。今にも中へふみこんでこようとした後から親方も顔をのぞかせました。

とっさのきてんで、ゆりがわざとふとんの中の足かせを、がちゃがちゃといわせました。

はっと親方の顔色がかわると、あわてて役人にいいました。

「お役人、ここは入口が一つしかありませんからはいりっこないですよ。あの大夫が病気なんで、休ませてあります。かんご人《にん》もついていますから、とてもはいれませんよ。」

千代がすぐ声をつづけました。

「はい、ここは大じょうぶです。でもさっき、そっちの廊下にひどい物音がしました。ねこでもあばれたのかと思いましたが、もしか……。」

「えっ、どっちへいった?」

「は、はい、あの、廊下のつき当たりから裏のあき地の方へ足音が聞えました。」

「それだっ!」

どやどやっと人々がかけさりました。

「ふふふ……親分、足かせをはめた大夫なんか役人にみつかったら、かえって大事《おおごと》だから青くなったわね。」

千代がおかしそうに首をすくめました。まだあぶないので、つづらをあけることもできません。とり方が去ってしまい、小屋の者もみんなひっかえして、今のさわぎで、よけいぐっすりねこんだとみえるころ――。

ゆりのへやでは、こっそりつづらがあけられました。

「くるしかったでしょう?」

「いや、おかげで一ねむりでき、疲れもとれました。」

大たんふてきなことをいう人間の顔をつくづくみてゆりはおやっと目をまるくしました。

「あの、もしかしたら、あなたは木暮新次郎さまでは?」

「えっ、わたしの名まえを知っているあなたは?」

「まあ! やっぱり、あなたは新次郎さま!」

ゆりは、あの宿やで、まわされてきた人相書をちらっとみただけなのです。でもいまにげこんできた男の年のころや、きりっとひきしまったかおだちに、はっと思いあたったのでした。

「わたしはゆりといいます。菊姫さまのおともをして山を降り、菊姫さまにはぐれまして。」

「ええっ! 菊姫さまは、どこで、はぐれたのだ!」

新次郎はあの夜、やっぱり大勢にひとり力つきて役人に捕えられたのでした。

こむそう姿の隠密たちのいいのこしがあったので、新次郎は何か大きな悪事にかたんしている大罪人として、とうまるかごで江戸へ送られることになったのでした。

「毎日毎日、役人の目をぬすんで、やっときょう、わずかなすきをみつけ、にげだしたのです。しかし、長い間かごにはいって、足もからだも弱ってい て、思う半分も走れず、おいつめられて、せっぱつまり、ここへとびこんだのです。」

新次郎の話をきくにつけ、ゆりは菊姫とはぐれてしまったことがくやしくてなりません。

「百合香さん！　逃げて！　あとはわたしにまかせて。」

それまで黙ってすわっていた千代が、おさえつけた声できっぱりいいました。

【あかつきの逃亡】

「でも、わたしたちを逃がすと、あとでお千代さんが・・・。」

ゆりのことばをおわりまでいわせず、

「いいのよ、あの人たちは、決してわたしを殺しはしないから、まだ使える人間は、どんなにいじめても、命をとるような損はしません。」

そういうまも、だれかに話し声をきかれはしないかと思うと、気が気ではありません。

「ね、早く！　わたしは、はじめからあんたが好きだったの、いつか、おりをみて逃がせてあげたいと思っていたけれど、今こんなりっぱな道づれができたんですもの、ぐずぐずしないでお逃げなさい。ほら、これを持って。」

千代は、ふところの中から、色のさめたお守りぶくろを取りだしました。

「この中に、わたしがためておいたお金がはいっています。とうざの路銀《ろぎん》になるでしょう。」

「そんな・・・・そんなにしてもらったら。」

「早く！　わたしの気持をむだにしないで、うまく逃げてちょうだい。」

いうまにも、千代は、つづらの中から、二つの衣しょうをひっぱりだしました。

「あんたも、男にばけるのよ。」

もう、ゆりも考えているひまはありません。千代にせきたてられ、だしてもらった男の着物をつけ、はかまをはきました。

新次郎も、手早く、さむらい姿になりました。

「この刀は舞台で使う竹光《たけみつ》だけど、おどしにはなるでしょう。」

大いそぎで、刀をさしこんだ時は、いつのまにか、白々と夜があけかかっています。

もうぐずつくひまもありません。

「さ、出がけに、わたしをこの柱にしばりつけてちょうだい。」

しのびこんだ新次郎に、お千代がしばられ、ゆりをつれて逃げられたと、一時でも人目をごまかそうという千代のけいかくです。

「お千代さん！　ご恩にきます！」

新次郎もゆりも、ぐっと涙をのみこんで、手早くさるぐつわをかませ、あさなわで千代をしばりつけました。

「さようなら、気をつけて！」

目にいっぱいの思いをこめている千代の方に、新次郎とゆりは入口から手をあわせ、ふかく一礼すると、思いきったように、かけだしました。

「百合香ちゃん・・・・。」

さるぐつわの中で、千代はせつなくうめきました。

「おそいのね、新次郎さん。そんなにのろいと、おっ手につかまるじゃないの。」

あちこちで鶏の声のしだした人気のない道をかけていきながら、ゆりは、いらだたしそうに、新次郎をみかえりました。はじめは、とっとっと、ゆりよりもすこし早く走っていた新次郎が、いつのまにか、おくれがちになり、ゆりは時々、立ちどまって、待たねばなりません。

「す、すまぬ。」

「まあ、その汗。」

ゆりは、近づいた新次郎の顔を、明かるみはじめた朝やけの中に見て、顔色をかえました。

かるわざ小屋の、うす暗いあかりの中では気づかなかったけれど、新次郎の顔は土気色《つちけいろ》に青ざめ、目のまわりは、すみでかいたように、うすぐろくくまができています。

たらたらと、ひや汗が、ひたいから首すじまで、あぶらのように流れています。はげしい息づかいも、すぐ、高熱のせいだと気づかれました。

「まあ、あなたは病気なんですね。」

ゆりは、あわててかけよって、新次郎の手をしっかりにぎりしめました。

「す、すまぬ、とうまるかごの中で、おかしくなっていたのだが、こんなにひどくなるとは思わなかった。」

こんな高熱を気力だけで、ここまで、走りつづけたのかと思うと、ゆりはぞっとしました。

「いけません。早く休まなければ。」

走ろうにも、もう、新次郎の足はなえたように弱りきって、そこから一歩も進めないようです。がくっとその場にひざをつくと、必死に、おそってくるめまいとたたかうように、歯をくいしばりました。

ゆりはむちゅうで、新次郎を自分の肩にせおうようにかかえこみました。

「がんばって！　ほら、あそこに、森がみえます。何かのおやしろの屋根が見えます。あの中にかくれて休みましょう。あそこまで、あそこまで、がんばってちょうだい。」

ずるずる、肩からすべりおちそうになる新次郎をひきずりひきずり、ゆりはようやくこんもりした森の中にたどりつきました。

半分くされかかったようなお堂が立っていて、もうさんけい者もとだえているのか、わに口にさがったひもも、真ん中から、くされおちています。

人に忘れられたそんなお堂の方が、今は何よりの助けでした。

ゆりも顔いっぱいに汗をかきながら、やっと新次郎をお堂の中へ引きいれました。

ほっとしたとたん、

「いたいっ！　気をつけろ。」

ふとい男の声に、ぎょっとして、ゆりは新次郎をかばいました。

「だ、だれだ？」

「だれだとはこっちで聞くことだ。あいさつもせず人の家にはいるやつがあるか？」

「人の家？　ここは、あれたお堂だ。」

「はっはっは、ちびのくせに、なかなかいい度胸だのう。」

むっくり、床からおき上がったのは、上体だけでも見上げるような、堂々とした僧でした。

「だれも住まぬのはもったいないから、四、五日前から、森のきつねと契約して、ここをわしの家ときめておる。」

まんまるいお月さまのような顔の僧は、笑うとますます、お月さまのような、のどかな顔になります。よくわからないけれど、ゆりの山のおじいさんより、十くらい年下でしょうか。ゆりはみるからに人のよさそうな僧に、ほっとしました。

「病人をかかえてこまっています。あなたのうちなら、少し休ませてください。」

「ふーむ、これはひどい熱病ではないか。」

僧は、ころものそでをまくりあげて、床にぐったりとなった新次郎をしんさつしています。医者の心得があるのでしょう。

「つかれもひどい、よほど、むりしたとみえるな。それに腹をいためておるのだ、小坊主《こぼうず》、おまえ、金を持っておるか?」

「小坊主ではない、名まえのある人間だ。」

「わっはっは、これは悪かったな。わしは恵庵《けいあん》という坊主だ、おまえは?」

ゆりは、あっと、声がのどにつかえました。じぶんは男に変装しているのだと思うと、急に、うその名を考えつかねばなりません。

「わ、わたしは、木暮…木暮百合之助《ゆりのすけ》だ。」

「ふうん、いやに、はでな名まえだな。では、百合公どの、ちょっと一はしり行って、薬を買っておいで。」

恵庵は、さらさらと、紙にむずかしい漢方薬の名をかくと、それをゆりに渡しました。

「はじめての町かどを左にまがると薬屋がある。もうおきているだろう。」

ゆりは、はじめてあったばかりのこのきみょうな僧に新次郎をあずけていくのは心配でしたが、ぐずぐずもしておられません。さっきよりもっと、新次郎の顔は青ざめ、つく息もかすかになっていました。

「お願いします。」

ぺこっと頭をさげ、すぐお堂の外へ走りだしました。

【消えた姫君】

絹でこしたような、やわらかな昼さがりの太陽の光が、木の葉の間からさしています。

静かな空気をふるわせて、おことの音がひびいていました。

はなれざしきの縁ちかくに出して、菊姫はやさしい指で、十三の糸をかきならしていました。

曲は「千鳥《ちどり》」、津軽の配所《はいしょ》で、新次郎の母に、手をとって教えてもらった日が、まるできのうのように思いだされてきます。

この曲を菊姫が引くと、新次郎は、じぶんでつくった横笛をとりあげ、よく合奏したものでした。

どんなに苦しい寂しい土地でも、あのころは、ばあやも、新次郎さまもいっしょに暮らしていられた。

菊姫の目に、みるみる涙がもり上がりはらはらと、おことの上にあふれおちました。

「まあ、なぜおやめになったのです。」

いつのまにか廊下の外へ、戸浪が来ていました。

清吉がひきあわせて以来、戸浪は毎日のように菊姫をおとずれてきます。そして菊姫を鈴姫と呼んでは、いっしょにお茶をたてたり、歌をつくったりするのです。

なんのために、じぶんが鈴姫という人にならねばならないのか、したしくなっても、戸浪は決してうちあけてはくれませんでした。

「あなたは鈴姫なのです。琴姫というお方のたったひとりのお姫さまなのです。それいがいの事はみんな忘れておしまいになるように——そうすれば、あなたはこれから、どんな栄耀栄華《えようえいが》もおできになるご身分なのです。」

「戸浪さま、わたくしは、栄耀栄華など、したくないのです。行かねばならない所がございます。会わねばならない人がございます。お願いです。逃がせてください！」

もう何度か、戸浪にとりすがり、泣いてたのんだこともありましたが、そのたび、戸浪は急に、人形のようにつめたい表情になり、首を横にふるばかりでした。

あの日以来、どうしたわけか、浪花屋清吉は姿をみせません。

菊姫は、かごに入れられた美しい小鳥のように、ただ、この屋敷の中だけで、庭を歩くのがせいいっぱいの自由でした。

新次郎さま！　助けに来てください！

ゆりちゃん、ぶじでいて！

菊姫は、心の中で叫びつづけながら、少しのすきでもみつけようと、毎日ようすをみていました。

「おや、鈴姫さまは、泣いていらっしゃるのですね。」

戸浪は、いそいでそむけた菊姫の横顔にすばやく目をはしらせながら、話しかけました。

「むりもない・・・。そんなお若いのに、もう一月も、ここに来たまま、一歩もでられないのですもの、でも、もうよろしいんですよ。きょう、清吉どのが旅から帰られますから、鈴姫さまもいよいよお国入《くにい》りでございます。」

「お国入り？」

「はい、あなたのお生まれあそばした金華城《きんかじょう》へお帰りになるのです。」

「金華城？」

菊姫はあきれて、ことばをのみこみました。

金華城といえば、この隣国の城主の住む名高いお城です。屋根のしゃちほこから、へやの壁まで、金でつくり、砂金《さきん》でぬられていると伝え聞く、お城でした。

その日の夕暮れ、浪花屋清吉が久しぶりで姿をみせました。

「おう、ますます、お品のあるお姫さまになられましたな。」

清吉は、菊姫を見て、にやっと、笑うと、その前にすわりこみました。

「さて、鈴姫さま、いよいよ、金華城に乗りこんでいただくことになったよ。」

「いやです！　私は、鈴姫さまなどという人の身代わりはいやです。あなたは、わたしやゆりちゃんを、だましてかどわかすような人ですもの、きっと、おそろしい悪だくみをしているのです。その手先に使われるのはいやです。」

「おいおい、お姫さん。あんまり元気な口をききなさんなよ。おまえさん、もう一月もこんな所にとじこもって、たいくつしないのかい？　外の空気をすいたくはないのかい？　おまえさんがおとなしくわしらのいうとおり、はいはいと、人形のように動いてくれれば、あと一か月もしたら、自由の身にしてあげるよ。」

「それは、ほんとですか？」

「ほんとだとも、どうせ、ある目的をはたすときまで道具になってもらや、あとはかえってじゃまなだけよ。」

菊姫はじっと考えこんでしまいました。

今までも、何度ぬけだそうとして、こっそり出口をさがしたかしれません。

でも、この屋敷の見はりはいがいにきびしくて、中からありのはいでるすきもなかったのです。

とにかくこの屋敷から外へ出ることだ！

菊姫はとっさに心をきめると、

「わかりました。おっしゃるようにやってみます。」

とはじめて、すなおらしい声をだしました。

「えっ、決心してくれたか？　さあ、これでだいじょうぶだ。いやといっても、どうでもつれていくつもりだけれど、いやいややってくれるのと、心をきめてばけてくれるんじゃ大したちがいだ、しめしめ、さいさきがいいよ。」

清吉はひどく喜んで、戸浪を呼びました。

そこで、はじめて菊姫はじぶんが身がわりになる鈴姫の気の毒な身の上をしりました。

今から十三年前、金華城では、奥方《おくがた》琴姫が美しいお姫さまをうみおとされました。

琴姫が、かぐや姫の生まれかわりかとうわさされたほど美しい方だったので、生まれた姫君も、玉のようなかわいらしい赤ちゃんでした。

生まれた姫君は、鈴姫と名づけられ、この世の幸福を一身に集めたかと思われるように幸福にそだっていました。

ところが、鈴姫が四つの時、城主がたか狩《がり》にでかけ帰城すると、まもなく病気になって、どっと床についてしまいました。

病名は恐ろしいほうそうとわかりました。二か月ばかりわずらって、とうとう城主はなくなってしまいました。

思いがけない不幸の魔手《ましゅ》は、これだけで金華城を去ろうとはしませんでした。

「城主さまの四十九日のご法要のさい中《ちゅう》、とつぜん、鈴姫さまが神かくしにあったのです。」

戸浪の話に、菊姫は、目をみはりました。

「神かくしなんて、ないと思います。」

「では、てんぐがさらって行ったのでしょうか、とにかく、きゅうに、かわいらしい鈴姫さまはいなくなってしまったのです。死体もみつからないのだから、神かくしかてんぐかくしと思うよりしかたがないでしょう。きびしいまもりでかためた金華城の中のでき事《ごと》ですもの、外から賊のはいるはずもありません。おかげで御台様《みだいさま》の琴姫さまは、半分気が変におなりになるほどお心をいためました。むりもありません。恐ろしい不幸が二つもつづいておそいかかったのですから。そしてとうとう、三か月ばかりのち、琴姫さまもおなくなりになりました。」

「ご病気で？」

「みえなくなった鈴姫さまのまぼろしを追われて、お池にはいっておぼれ死になさったということです。」

菊姫は、他人の身の上ながら、あまりの気の毒さに、涙ぐみました。

「では、今、金華城には、どなたがいらっしゃるのです。」

「ごいんきょ遊ばしていた鈴姫さまのおじいさまとおばあさまと、鈴姫さまのいとこにあたられる源《げん》之介《のすけ》さまです。」

「なぜそこへ、わたしがでるのです？」

「それは、だんだんわかってきます。とにかく、おじいさまの入道《にゅうどう》さまが今、ご病気が重いのです。生きていらっしゃるうちに、鈴姫をおつれしなければならないのです。」

菊姫は、戸浪の話を聞くうちに、だんだんおぼろげながら、じぶんの役割がわかってきました。

きっと、不幸な金華城をめぐって、みにくいお家そうどうが始まっているのでしょう。その中へ、じぶんがまきこまれようとしているのです。九年前、神かくしにあった鈴姫にばけて……。

そのあくる日、菊姫は朝からおおぜいの女たちにかこまれ、身じたくをさせられました。

今までより、何倍も美しい衣装がよういされ、今までのどの日よりも念入りなおけしょうがされました。

「まあ、お美しい、ほれぼれするようですわ。」

若い腰元《こしもと》たちも、晴着にきかざられた菊姫の美しさに、ためいきをもらしました。

やがてあらわれた清吉を見て、菊姫はびっくりしました。いつのまにか、清吉もかみしもとはかまをつけ、堂々とした侍になっています。

むかえにきた戸浪も、美しいうちかけ姿でした。

やがて、美々《びび》しい行列を作って、二つのかごが、その屋敷をでて行きました。

菊姫は、わきたつような胸をおさえ、そっと、かごの中から町をながめました。

一刻も早く、この中からとびだして、ゆりをさがし、新次郎にめぐりあわねばなりません。でも、今それをすることはできないのでした。前にもうしろにも、つきしたがった行列のぎょうぎょうしさ――。

菊姫は、かごのすだれごしにみる町の風景にもおどろきました。まるで、正月と盆が一度に来たような、たいへんなにぎわいです。

沿道いっぱい、おしあいへしあいの人がきは、みんな行列を見るためにやってきた人のようです。

金華城の、神かくしのお姫さまが、九年めにみつかってお城へお帰りになるといううわさは、もう一週間も前から、町中をにぎわしているのを、菊姫はしりませんでした。

「なんでも琴姫さまはかぐや姫の生まれかわりといわれた方だったから、鈴姫さまも、どんなにお美しいことだろう。」

「一目でもおがみたいものだな。」

人々は、道の両側にすわって、行列に頭をさげながらも、そんな事をささやきあっていました。

「こらっ、小《こ》ぞっ子、早くどげざしないと、首がふっとぶぞ。」

頭をこづかれて、ぷっとふくれつらをした少年は、ふふくそうに道ばたにひざをつきました。いつのまにか、武士のみなりはすててそこらの町人の子のような、うすよごれた着物にしりきれぞうりをはいた少年になりすましました、ゆりの姿でした。

山でそだったゆりは、大名のこんなぎょうぎょうしい行列をはじめてみるし、そのため通行人が、こんなにどげざするふうしゅうもまだしらなかったのです。

新次郎の病気がいがいに重く、あの森の中のお堂で恵庵という僧と三人で暮らしつづけているのでした。

千代のしんせつの着物も、はかまも、すっかり新次郎の薬代になってしまったのです。

「こらっ、早く頭をさげんか！」

となりの男があわてて、ゆりの頭をつかんで地べたにこすりつけようとした時でした。

「あっ、ゆりちゃん！」

かごの中で菊姫が、思わず声をあげました。

【怪僧】

かごの戸にはめこまれた御簾《みす》ごしに、菊姫はたしかにゆりを見つけたのです。

男の子のみなりで、髪もわらでひき結んだまま、顔はよごれきっています。でも、菊姫はなつかしいゆりを見まちがえるはずはありません。

菊姫の声が耳にはいったのか、ゆりは、おさえつけられた頭をふりあげて、きっと、かごの方を見あげました。

菊姫がむちゅうで、かごの戸をあけたとたん、おつきのけらいがとんで来て、外からぱっと、かごの戸をしめてしまいました。


あとは、いくら力をいれてもびくともせず、開きません。

「ゆりちゃん！　ゆりちゃん！」

かごの中で菊姫はみもだえして泣きました。なんのために、自分はこんなに、にんぎょうのように着かざって、えんもゆかりもない金華城へなどのりこまねばならないのでしょう。

だれにも見られないかごの中で、菊姫は指で顔の前に静かに十字をきりました。

「主よ、守りたまえ！」

天の神は、ゆりの身の上も、木暮新次郎のゆくえも自分のこのふしぎな運命も、すべてごらんになっていらっしゃるのでしょうか。

いつかはかならず、イエスさまは、わたしたちをあわせてくださるにちがいない！

菊姫は、いっしんにいのりながら、かごにゆられつづけていきました。

一方ゆりは、いっしゅんのまに見たかごの中の美しいお姫さまが、なつかしい菊姫だと気がついた時は、もう肩先を、力づよい手でがっしりと、おさえつけられていました。

「菊姫さまっ！」

声をかぎりに叫ぼうとしたゆりの口は、大きな手でむずとふさがれました。

「はなせっ！　はなせっ！」

ゆりが、はりねずみのようにからだじゅうをかたくして、あばれるのを、

「しっ！　静かにせい！」

ひくく言った声は、思いがけない恵庵でした。

「あとで、わかる。今はおとなしくしろ！」

恵庵は、がっちりと、ゆりを自分の小わきにかかえこむと、めだたないように、自分のわきに土下座させました。

菊姫の行列のみごとさにみとれた人々は、そんなゆりと恵庵のことには、だれも気づかないようです。

さっき、ゆりの頭をおしつけた男など、もうすっかり行列におそれをなして、おでこを地べたにこすりつけたままです。

行列が行きすぎ、やっと人々がざわざわと立ちあがった時、恵庵がそっと、ゆりをひきおこし、人通りの少ない横町へはいって行きました。

「おしょうさんのばかっ！　なんで、あんなにひどく押《おさ》えつけたんだい。おかげで、ねえちゃんをおっかけられなかったじゃないか。」

ゆりは、ぷんぷんして、くやしがりました。木暮新次郎の病気をたすけてもらい、あれいらいずっと、あれたお堂の中で、家族のように暮していて

も、ゆりはまだ恵庵に、身の上ひとつ話してはおりません。

恵庵も、またかわったぼうずで、どこからどこへ行くとも、何ひとつきこうとはしないのでした。

それでゆりは、恵庵にはまだ、男の子だといつわりつづけていました。

「あの中のお姫さまが、おまえの姉だというのか？」

恵庵は、きゅうに、きびしい顔つきになって、ゆりの目をのぞきこんできました。これまで、じょうだんばかり言って、ゆりや新次郎を笑わせていた恵庵とは、きゅうに人がちがったように見えました。

「そうさ、旅のとちゅう、人さらいにつれてゆかれ、はなればなれになった、ねえさんだよ。」

「百合之助！　いやむすめのゆり！　ほんとうの話かきかせてくれ！」

「ええっ？」

「わしが、おまえを今まで男の子だと信じていたと思うのか！　ゆり、おまえは女の子だ。どんなわけで男にばけてまで、こんなつらい旅をしている？　いや、それはどうでもいい。だが、あのかごの中の姫ぎみのことだけを、このわしにきかしてくれ！」


それから、半ときばかりののち——。

森の中のお堂の中では、恵庵とゆりと新次郎が頭をつきあわせていました。

新次郎も今では、いくらかやせたけれど、もうほとんど、なおっています。

「うーむ、では、あの姫ぎみは、たしかにおまえたちの道づれだといわれるのか。」

恵庵はうでぐみしたまま、うなるように言いました。新次郎の青白い病後のほおにも血が上りました。

「そうです。もし、ゆりが、たしかに見たというなら、われわれの仲間の菊姫にちがいありません。わけがあって、私たちの身分や旅の目的はあかせませんがあやしい者ではありません。」

「いや、おまえたちがキリシタンであることは、とっくにわかっておる。」

「ええっ。」

新次郎は、ぱっとゆりをうしろにかばうと、すきのない身がまえをしました。キリシタンを見やぶられていては、この恵庵にも気がゆるせません。

「心配するな。もし、おまえたちをうったえて、ほうびの金がもらいたければ、わしはとっくの昔、うったえておる。」

「で、では、なぜ、今までそしらぬ顔でいっしょに暮してきた?」

「はっはっは。わしもな、じつはこれじゃよ。」

恵庵は、かたときも、うでからはなさず、かけているる大つぶのじゅずの玉のひとつに、かちっと、歯をあてました。すると、じゅず玉は、まん中からまっぷたつにわれました。

それを手のひらにのせ、にゅっと、新次郎とゆりの前につきだしたのです。

「あっ!」

新次郎とゆりは、同時に声をあげ、思わず、その前にひざまずき、胸に十字をきっていました。

二つにわれたじゅずの一つには、さんぜんと光る金の十字架がかくされ、もう一方には、神のみこをいだいた聖母マリアの像が、かがやいていたのでした。

この怪僧恵庵もまた、世間の目をおそれるキリシタンであったのです。

【会見】

菊姫をのせたこしは、ついに金華城へつきました。

「鈴姫さまのお帰りーっ!」

金華城いっぱいに、その声がつたえられると、城門から玄関まで、出むかえの家来たちがおしならび、頭をさげました。

ききしにまさる城門のすばらしさ。青空にくっきりとそびえたつ天守閣は、屋根もかべも、こがね色のほのおをあげているように、さんぜんとかがやいています。

「鈴姫さま。ごぶじでご帰城おめでとうございます。」

玄関の人の中から、つと、若い武士がすすみでて、あいさつしました。

「私が源之介です。」

まゆの太い目の鋭い青年です。年ごろは木暮新次郎より一つ二つ上くらいでしょうか。ぴったりと鈴姫にばけた菊姫によりそっていた浪花屋清吉が、すばやく、耳もとでささやきました。

「この方が、鈴姫さまのいいなずけの源之介さまです。」

菊姫はびっくりして源之介を見ました。

この青年と、自分の知らないまに、こんれいの用意がされ、式があげられるようになるかもしれないと思うと、おそろしさで、ぞっとしてきました。

奥まったへやに案内されて行くと、金のびょうぶのかげで、老人が、骨と皮になって横たわっていました。かたわらには、白髪の老夫人と、美しいけれど目つきのきつい中年の夫人がひかえています。

「母上。鈴姫さまです。」

源之介が、美しい夫人に声をかけました。

「おお、鈴姫さま！　よくもおみごとに生長されました。」

楓《かえで》の方《かた》とよばれる源之介の母は、かけよって姫の手をとりました。老夫人は、声も出ず、目に涙をいっぱいためて、美しい菊姫の姿に見とれています。

「鈴姫か！　顔をみせてくれ。」

ねどこの老人が思いがけない、はっきりした声をあげました。

菊姫は、とどろく胸をおさえて老人に近よりました。まだ意識のたしからしいこの老城主がじぶんをにせ者だと見やぶってくれたら・・・。

けれども、顔をさしだした菊姫を一目みるなり、病気も忘れ、老城主は、

「おおっ！」

とうめくと、上半身をおこしてしまいました。白いまゆのかげの目が、火をつけたようにらんらんとかがやいて、かっと、菊姫の顔を見すえました。

「琴姫に！　琴姫に生きうつしじゃ！」

老城主の二つの目にみるみる涙がもりあがると、骨と皮ばかりの手を、おこりのようにふるわせて、菊姫の両手をしっかりとにぎりしめました。

そのまま、老城主はこうふんのあまり、気絶してしまいました。

「お気がおつきになりましたか？」

菊姫は、やさしく声をかけました。

さっきから、このへやにただひとり、気を失った老城主を看病していたのです。

「おお、やはり、夢ではなかったのだな。」

老城主は、目を開くと、菊姫の顔を見あげ、顔を

かがやかせました。

「わしは眠っていたのか?」

「は、いいえ、少しの間お気を失っておいでてした。お医者さまがお薬をさしあげ、そっとしておかれるようにおっしゃいました。」

「おお、そうか。あんまり、琴姫とうりふたつのそなたをみて、おどろいたのだ。鈴姫、そなたは、母上のおもかげを覚えてはいないだろう。」

老城主の目が、くいつくようにその時、菊姫の顔を見つめました。

「はい、少しも……。」

津軽の配所でなくなったほんとうのおかあさまの、やさしいおもかげが、菊姫の胸いっぱいにひろがって来ました。そのおもかげに、山でなくなったうばのやさしい顔が重なって来ます。

菊姫の目に涙があふれたのを見て、

「むりもない。そなたは生まれてすぐ、母のふところからつれさられたのだから。」

「えっ?」菊姫はふしぎに思いました。たしか、神かくしにあった鈴姫という人は四つの時、いなくなったのだと聞かされています。

「ふしぎがるのもむりはない。そなたが鈴姫でないことは、このわしがだれよりもよく知っておる。鈴姫は四つの時、もうこの世にわかれをつげたのだ。」

「では神かくしにあったというのは?」

「わしひとりがつくった、うそのうわさなのだ。鈴姫の父の四十九日の朝、鈴姫はあの池に落ちておぼれ死んだのだ。」

「あの池へはおかあさまの琴姫さまが?」

「そうだ。琴姫も何もしらずに、娘のあとをおった。わしは、鈴姫の不幸を知った時、夫をなくしたばかりの琴姫をあまり悲しませたくなく、神かくしにあったと言いひろめた。神かくしにあったと言えば、まだ帰るかもしれないという希望がのこるかと思ったのだが……夫と子をあいついでなくした琴姫のなげきは、やはり底しれないものだった。それから間もなく気が変になり池へはいったのだ。」

菊姫はあまりの不幸な話に、声もでませんでした。

こんなに宝の山にかこまれたような金華城にも、こんなおそろしい不幸がぬりこめられていたのです。

【ふた子の姫ぎみ】

「ところが、金華城には、まだ血すじの姫がひとり残っておったのだ。」

「それは？」

「じつは琴姫は、鈴姫を生んだ時、ふた子の女の子を生んだのだ。昔から金華城には、ふた子が生まれると別々に育てなければ不幸がおこるという言い伝えがあったので、生まれたその日、赤ん坊のひとりは、城からだしてしまった。」

「その赤ん坊はどこへ？」

「わしの家来の益子安兵衛《ますこやすべえ》が連れさった。どこへいくとも、報告しないことにして、益子も永久に金華城を去ったのだ。」

菊姫は一度に頭につめこまれた金華城の人々のふしぎな運命に、胸がとどろいて来ました。なくなったふた子のひとりの鈴姫にばけて、こうして金華城にのりこんでいる自分は、いったいだれなのだろう。菊姫を見る人々がすべて、なくなった鈴姫の母の琴姫に生きうつしとおどろくのは、どうしたことなのだろう――。

老城主の声はあえぎあえぎ、まだつづきました。

「わしひとりしか知らぬその秘密を、今までだれにももらしはしなかった。わしは、こんどの病で命がないとさとった時、どうしても益子に連れさらせた、いまひとりの、名もつけなかった姫を探しだしたくなったのだ。それには、神かくしにあったといってある鈴姫をさがせといえばよかった。人々は賞金に目がくらんで血まなこになって琴姫ににた少女をさがしだし、もう数えきれぬほど連れてきたものだ。みんなにせ者だと、ひと目見てわかった。こんどもまたにせ者だろうと思ってあってみたが、そなたはにせ者ではなかった。」

「ええっ！」

「ほら、この右の腕のほくろ。」

老城主は、やせた手をのばし菊姫の右手をとり、袖をまくりました。

雪のように白い腕の中ほどに、ぽつりと愛らしいほくろが二つ並んでいます。

「ふたりのふた子の姫のからだは、何から何までそっくりだったが、この二つのほくろだけは、まちがってひとりの姫についてしまったらしい。わしが益子に渡したのは、ほくろのある姫のほうであった。」

「でも、でも、私は‥‥。」

菊姫は、これまで、うたがったこともなかった自分の身の上をこの老城主に語ろうとして、胸がいっぱいになってきました。

「思わぬ長話《ながばなし》でひどくつかれてしまった。まだまだ、そなたと話したいが、またあすにしよう。」

それから老城主はまくらもとの手箱の中から、錦の袋にはいったひらたいものをとりだしました。

「それを渡しておこう。それは、おまえの母琴姫のかたみだ。わしが死ぬまで決してあけぬように。それから人に見せぬように。」

その時、侍医《じい》がはいってきたので、老城主はぷつりとことばをきりました。

菊姫も侍医に言われて、そのへやからさがりました。

ひとり自分のへやに帰ってきても、胸のどうきがおさまりません。

わたしにはおかあさまがふたりあった――。

思いがけない身の上が、自分のこととは、信じられないのです。

あのひん死の老城主がじぶんのほんとうのおじいさまとしたら、あくまでこの金華城にとどまって孝行しなければならないのでしょうか？　でもわたしには、はたさなければならぬたいせつな使命がある！

菊姫は、今も、胸の奥ふかく、しっかりとかくし持った、津軽からの密書をおさえました。

そこへ足音がして、戸浪と清吉があらわれました。

「ああ、ごくろうだった。面会は上々首尾《じょうじょうしゅび》で何よりであった。それにしても、ずいぶん長くあそこにいたが、ご城主から何か言われたか。」

清吉のするどい目が、菊姫の顔色をじっと見つめています。

「いいえ、ただ、おからだをさすってあげていました。私を琴姫さまに生きうつしだと、何度もおっしゃいました。」

「うーむ、それはよかった。あとは、もう一息だ。生きている間に、源之介さまとのごこんれいの許しさえいただければいいのだ。」

「だれが源之介さまと……。」

「もちろん、いいなずけの鈴姫さま、つまりおまえさんよ。」

菊姫はあきれて、ものが言えません。

清吉は、きょうの首尾に気をゆるしたのか、上きげんでしゃべりました。

「あのがんこじいさんが、鈴姫がでてこなければ、どうしても金華城を源之介にゆずらないというので、こまりぬいていたのだよ。」

菊姫にも、ようやく、自分がなんのために、清吉にここまで連れてこられたか、はっきりわかりました。

清吉や戸浪は、金華城のっとりをたくらみ、楓の方、源之介親子と手を結んで、にせの姫君をさがしてきてこんれいをあげようとしたのです。

菊姫は、ほんとうの自分の身の上はまだ当分かくしていたほうがいいと思いました。

ようやく、清吉たちが出ていくと、菊姫はほっとしてあたりを見まわしました。

つぎのへやには、もう美しい夜具《やぐ》がかさねられ、いつでも眠れるようになっています。

その時でした。

広い庭の奥のほうで、ピ、ピーと呼子の音《ね》がするどくひびきました。

たちまち、廊下をかける人の足音がさわがしくなりました。

「何事です。」

菊姫が廊下に出ようとすると、なぎなたをもった腰元たちがかけつけました。

「ろうぜき者が、奥庭へしのびこんだ様子でございます。でもご安心あそばせ。水ももらさぬ用意ができていますので、すぐつかまえますから。」

ところが、どうしたわけか、人々のたちさわぐ物音は半ときもたつのに消えません。

とうとう、その夜の賊はにげのびてしまったとみえ、とらえたというしらせもなく、しいんとしずまってきました。

菊姫がようやく、ねどこにはいって、うとうとした時でした。

「おねえさん！　菊姫さま！」

夢の中で、ゆりの声をかすかに聞いたように思って、菊姫ははっと身をおこしました。

「おねえさん、だれもいない？」

ひそひそとささやくようなひくい声は、天井から聞えてきます。

「あっ。」

声の方を見あげた菊姫は、思わず天井へ手をさしだしました。

ごう天井の一つがぽっかりと穴をあけ、その中から、まるいゆりの顔がのぞいているではありませんか。

にっこり笑うとゆりは、ひらりと天井からとびおりてきました。

【白刃のふすま】

「ゆりちゃん！　よくここへ……。」

菊姫はゆりを抱き寄せると、もう涙でことばがつまってしまいます。あの暗い川岸で、別れ別れに連れ去られたきり、一日として、忘れたことのないのはゆりのゆくえでした。

「よくまあ、無事で。」

「おねえさん、あたい新次郎さんといっしょにいるんだよ。」

「ええっ！」

ゆりは、てみじかに、新次郎とめぐり会ったてんまつを話しました。

菊姫は何を聞いても夢のようです。

「それで、新次郎さんと、恵庵さんと三人で、お城に忍び込んだんだよ。さっき、呼子が鳴って騒がしかったでしょう。あれはわざと、ふたりが目につくようにして、お城の人たちの注意を集めて、あたいがおねえさんをさがしいいようにしてくれたの。」

「まあ、じゃ、新次郎さまも今、このお城の中にいらっしゃるの？」

ゆりの返事より先に、廊下をばたばたと走って来る足音が近づきました。菊姫は急いでゆりを自分の寝床に押し込むと、今自分が、寝床から抜け出したようにふんわりとふとんをかけ、枕もとにきちんとすわりました。

同時に、がらっとしょうじが、あけられました。

刀をひっ下げた、浪花屋清吉が飛び込んで来て、

「賊が忍び込まなかったか？」

「いいえ。ずいぶん前、腰元たちの騒ぐ声を聞きましたが……。」

「残念ながら、みんなとり逃がしてしまった。このお城の者はなまくら武士ばっかりだ……。今、庭づたいにこのへやに近づいた人影を見たと、腰元が伝えて来た。油断するな。」

「はい。」

菊姫の、心の中はわくわくしてきました。追手《おって》をまきちらした新次郎が、このへやに近づいて来たのかもしれません。ふしぎな勇気が、菊姫のからだの中からわき上がって来ます。

そこへまた、あわただしい足音が近づいて、

「大変です！　ご城主さまが急に・・・・。」

　おろおろ声の腰元の声です。

「ええっ！」

　立ちかけた菊姫の肩を、清吉ががっしり押さえ付けました。

「あとで、迎えをよこすまで待っておれ。あんがい早く、おまえの役目もおしまいになるかもしれんな。」

　清吉は、不敵な笑いを口もとに浮かべると、手早く、へやのふすまをあけ、びょうぶのかげなどのぞいて、立ち去りました。

　清吉の足音が消えるのを待ちかねて、ぱっと、寝床から、ゆりが飛び起きました。

「あいつ、だれ？」

「あの男が、ゆりちゃんと私を川岸でつかまえさせた悪者ですよ。」

「ちえっ、だったら、鼻の頭にかみついてやるんだった。」

「大きな刀を抜いて、ひっ下げていたんですよ。それより、これを、ゆりちゃんにあずけます。新次郎さまに渡してください。」

　菊姫はふところから、さっき老城主に渡された錦の袋を取り出し、ゆりの手ににぎらせました。

　その時、うしろのへやの境のふすまが音もなく開いて、黒しょうぞくに身をかためた人影が現われました。

「菊姫さま。」

「ああっ、あなたは新次郎さま！」

　ふたりは、ことばもなくかけ寄りました。

「ご無事でよかった。どんなに心配したかしれません。」

「あなたこそ、ご無事で・・・・。」

「城の抜け道から、川づたいに逃げるのです。舟の用意もしてあります。すぐ、逃げ出しましょう。合図で、もうひとりの仲間が、わざと庭で騒ぎを起し、注意をそっちへ引き寄せる手はずになっています。」

「ええ……でも……。」

「ぐずぐずしていると、すぐこのへやへも人が帰って来ます。」

新次郎は、何よりもまず、菊姫を城外に連れ出そうとしました。

「新次郎さま！　今夜は私は逃げられません。」

「ええっ、どうしてです。」

「城主さまの身の上に急変があったと今、聞きました。もしかしたら城主さまがなくなったのかもしれません。私は城主さまとは、さっき会ったばかりですが、思いがけない秘密を聞かされました。それを確かめたいので。」

「何を言うのです。こんな厳重な囲みを破って、抜け出すのは、今夜をおいて、またとはないのです！」

新次郎は声を荒げ、いきなり菊姫の腕をつかみました。

「早く、一刻も早く、こんなところから抜け出すのです。」

へやの外で、いきなり、鋭い呼子の音が響き渡りました。

あっと、思う間もありません。一斉にふみ倒された周囲のふすまや戸しょうじのかげには、たくさんの刀と、やりのきっ先が不気味に光り、三人を取り囲んでいます。

「しまった！」

「ちえっ、おねえさんが、ぐずぐずするからだよ。」

遠慮のないゆりの非難に、菊姫はさっと青ざめました。

「だいじょうぶだ。わたしが追っ払う間にゆりは菊姫と抜け道へ逃げてくれ。」

刀を構えて、うしろに菊姫とゆりをかばい、新次郎は、きっと、敵のほうに目をくばりました。

その新次郎の耳に、菊姫は必死のささやきを送りました。

「私は、この城のほんとの姫かもしれないのです。ほんとの祖父が今死にかかっているのです。お願い新次郎さま！　一晩だけ待ってください。あすの晩、もう一度、ゆりちゃんをよこしてください。」

こんな恐しい敵に囲まれた中で、菊姫のささやいたことばを、とっさに判断するのは、容易ならぬことでした。


しかし、新次郎はすぐ、はっきりとうなずきました。菊姫のことばに、これまで一度もうそはなかったからです。この命のせとぎわの菊姫のことばを信じようと思ったのでした。

「よしっ、この囲みは、ゆりとふたりでといて逃げます。あすの夜まで、ご無事で……。」

菊姫にささやき返したかと思うと、ぱっと刀をふりかざし、敵の白刃《はくじん》の中へおどり込みました。

それが合図のようにゆりは、こうもりのように、すばやく天井に飛び、とくいの手裏剣《しゅりけん》を投げ始めました。

飛び込んで来た清吉が、この時早くも、菊姫を横抱きにして、さっと廊下へ走り出していました。

マリアの鏡

「ゆり、けがはなかったか?」

「だいじょうぶだよ。かすり傷一つしないよ。なあんだい、おしょうさんも新次郎さんも、男のくせに傷だらけじゃないか。」

「はっはっは、ゆりの武勇伝はほらじゃなかったわけだな。」

まっ暗な川の上をひそやかに流れる小舟の中で、三つの黒い影が、ささやき合っています。金華城の秘密の抜け道からこの川に出て、用意の小舟で逃げのびて行く、怪僧恵庵と木暮新次郎、ゆりの三人でした。

ゆりは、かいがいしく袖を引きさき新次郎の左腕や、恵庵の足の傷をしばり上げました。恵庵も新次郎も、取り囲まれた敵をきりくずしたため、べっとりと返り血を浴びています。流れにまかせていた舟を、やがて恵庵がたくみにこぎ始めました。

「ゆりはあんな武術をだれにおそわったのだ。」

新次郎がゆりにたずねました。

「山で、じいに教えてもらったよ。身軽なのは、ひとりで、さるや鳥と遊ぶうちに覚えたのだよ。ちょっとした忍術くらいなら使えるよ。」

「ふーむ。」

新次郎も恵庵も、いまさらのように、小さなゆりのからだをやみにすかして眺めました。

天井のはりからはりへ、くものように手足を吸いつけてかけめぐり、手裏剣や目つぶし玉を投げたゆりの活躍を思い出したからです。

「でも、あたいよりふしぎなのはおしょうさんじゃないか。どうして、金華城の抜け道なんか知ってたの?　お城の者も知らない抜け道なんかをさ。」

あどけない顔をしていても、ゆりの頭は人なみ以上に鋭く働くようでした。

「はっはっは、これは一本まいったな。その話はかくれがに帰ってゆるりとしよう。」

「あっ、あそこ見てごらん！」

ゆりが急に声をひそめて、過ぎて来た川上の橋を指さしました。

そこには無数のちょうちんのひが揺れて、ときの声のような騒ぎがしています。

「ばかなやつらだ！　今ごろ城から追手が出て、われわれをさがしているのだ。」

恵庵が、はき出すように言いました。

新次郎は無言で、ちょうちんのほかげのかなたにそびえている金華城の巨大な影に、じっと目をそそいでいました。

ろくに、ことばも交わすひまもなく別れ別れになった菊姫の身の上が、急に心配になってきました。

その新次郎の心の中をまるで読みとったように、恵庵が言いました。

「新次郎。菊姫はだいじょうぶだ。やつらは、まだ菊姫が必要なのだ。しかし・・・・ご城主さまは・・・・。」

恵庵の声がふっととぎれ、櫓《ろ》のきしりが、恵庵の太いため息をかき消しました。

半時間ほどのち、三人は森の中のかくれがに帰っていました。

「ふーむ。それでは、菊姫は、確かに金華城のほんとの姫かもしれぬと言われたのだな。」

恵庵の大きな目が、きらりと、光をましました。

「そうです。そして城主さまは祖父かもしれないと・・・・。」

「うーむ、ではやはり・・・・。」

恵庵は深い腕組みをして、目をとざしました。

やがて、かっと目を開くと、光る目で新次郎の目を見つめながら言いました。

「何をかくそう、わしは、昔、金華城にいた益子安兵衛という武士だ。殿のご命令で、ふた子の姫ぎみのおひとりをあずかり、城からゆくえをくらましたのだ。その姫ぎみは、京都のある高貴な公卿《くぎょう》の家へもらわれた。私が育てるより、生まれたばかりの赤ん坊をなくされたやさしい、その家の奥方に育てられるほうがおしあわせだと信じたからだ。しかし、その姫ぎみは育ての両親にしたがって、やがて津軽へ流されてしまった。その家がキリシタンだったから……。」

「おしょうさま! そ、それでは、菊姫が……。」

「そうだ。わしがさがしもとめていた金華城の姫ぎみだと思う。」

「そんなことが……。」

新次郎は、驚きのあまりことばを続けることができませんでした。

金華城の老城主は、最近、益子安兵衛をさがしもとめ、ひそかに、菊姫を連れもどすよう、命じていたのです。

「そのため、わしは津軽まで出かけた。しかし、もうすでに、そなたと菊姫は津軽を出発したあとだったのだ。」

聞くことの一つ一つが、新次郎には夢です。

その時、ゆりが、

「そうだった。菊姫さまからあずかっていたっけ。」

と、ふところから錦の袋を取り出しました。

新次郎があけて見ると、手のひらに乗るくらいの丸い鏡が現われました。鏡の裏はばら色の象牙細《ぞうげざい》工《く》で、御子《みこ》を抱いたマリアの像が、美しく浮きぼりされています。

「あっ、マリアの鏡だっ！」

新次郎はうめくと、すぐ鏡のどこかを指で強く押しました。すると、鏡がぱらりと台から離れ、象牙の台の中から、一枚の紙きれが出てきました。

まゆ色に色の変ったその紙には、ふしぎな横文字と地図が書き込まれています。

新次郎は自分のふところから、すぐ、もう一つの鏡を取り出し、ぴたっと並べて置きました。寸分たがわぬ、やはりイエズスとマリアをきざんだばら色の象牙の飾りのある鏡でした。

「菊姫の鏡です。うばをしていた私の母の話では、菊姫が赤ん坊の時からおもりをして、たいせつにしていたものだと言います。」

「そうだ。それは、金華城から、菊姫を連れ出す時、城主が菊姫に与えたものだ。同じ鏡をもうひとりのふた子の鈴姫が持たれたはずだった。ゆりがあずかったのは、きっと鈴姫の物で、今度城主さまが菊姫に渡したのだろう。」

恵庵が深くうなずいて言いました。

「おしょうさまは、ポルトガル語がお読めになれますか？」

新次郎の問《とい》に、恵庵は少し笑いながら、

「長崎にいたからな。しかし、貴公《きこう》ほどではないかもしれない。」

新次郎は赤くなって首を振りました。

「とんでもない。わたしは津軽で少しおそわったばかりです。でも、この紙の文章くらいは読めます。ごらんください。」

新次郎は、前から持っていた菊姫の鏡も、ぱちんとあけました。やはり台の裏から、折りたたんだまゆ色の紙が出て来ました。同じポルトガル文と地図です。新次郎がポルトガル文を訳しながら読み上げました。

「天の父のみ名において、この地図を残す。ほまれあるキリシタンのために、かくしおく財宝のありかを示す地図なり。地図は三分し、各々一枚ずつ、マリアの鏡に秘《ひ》しおけり。マリアの鏡は天下に三箇あり。神の栄光をひろめるため、財宝の使われんことを。――高山《たかやま》ダリオ」

「高山ダリオって、だれ?」

ゆりが、目を丸くして聞きました。

「有名なキリシタン大名高山右近《うこん》。つまり、高山ジュストさまのおとうさまの、高山《たかやま》飛騨守《ひだのかみ》図書《ずしょ》さまのことだ。」

恵庵が説明してやりました。

「ああ、高山右近さまのことなら、あたいだって、山で、じいによく聞いて知ってるよ。マニラへ流された方でしょう。」

ゆりが目を輝かせて言いました。山小屋で、よほど聞かされた名まえだとみえます。

「そうだそうだ。日本のキリシタンの誇りとする右近さまのおとうさまが、ダリオさまなのだ。」

清《せい》れんの名の高かった高山ダリオが、こんな財宝をかくしているとはふしぎです。しかし、戦国時代の大名は、いつ落城するかわからない運命を思い、子孫のために、財宝をかくすことは例の多いことなので、高山ダリオが、天下に知られぬ財宝をどこかにかくしていたとしてもふしぎではないのです。しかも、熱心なキリシタンのダリオは、その財宝を子孫のためではなく、キリシタンの兄弟たちに残したというのです。

「ほら、この地図をつぎ合わせるとぴったり合います。でも、この右下半分が、欠けています。」

「そのたりないところは、第三のマリアの鏡にはいっているのだ。新次郎さんは、第三の鏡をだれが持っているかごぞんじか？」

「知りません。だれも知らないのです。ただわれわれは……わたしと菊姫は、津軽のキリシタンたちのために、菊姫の持っているマリアの鏡を持って、金沢の前田《まえだ》家へ行くつもりなのです。前田家は、高山右近さまを厚くもてなしてくれた大名で、マリアの鏡の一つは、前田家に伝えられていると聞きました。それで、菊姫の鏡を前田家に渡し、今、津軽のキリシタンがぜひとも必要なお金をつごうしてもらうつもりなのです。」

「津軽のキリシタンたちは、いよいよ日本を抜け出すのか？」

恵庵のことばに、新次郎は、さっと刀を引き寄せました。

「はっはっは、新次郎殿。わしは、味方だ。心配するな。津軽のキリシタンが、今、国外に逃亡しなければ、半年もたたぬうちに、幕府の迫害で、皆殺しになるのは知っている。わしも、およばずながら、この逃亡を成功させたいと祈っている者なのだ。」

その時です。

「えーいっ！」

絹をさくような、鋭いかけ声をあげ、ゆりの手から、光る手裏剣が飛び出しました。ぎゃっという悲鳴が、堂の外でしたのと、新次郎が、ぱっと、声のほうへ飛び出したのが同時でした。

【橋の下】

月のない闇の森を、黒い影がよろめきながらかけ去って行きます。

「待てっ、くせ者。」

新次郎が追いかけるうしろから、ゆりも、まりのようにはずみながら、かけ出しました。

いきなり、闇をぬって、黒いつぶてが、新次郎のほおをかすめ、ゆりの頭上すれすれに飛び、横のすぎの木にハッシと打ち込まれました。

甲賀流の忍者が使う十文字手裏剣《じゅうもんじしゅりけん》です。

「ええいっ。」

鋭いかけ声といっしょに、ゆりのからだが地をけったと思うと、すぎのこずえにぶら下がっていました。

次の瞬間、逃げるくせ者の足もとは、天から降った木の折れ枝ですくわれ、もんどり打って、地上に倒れました。

ゆりが得意の早業《はやわざ》で、すぎのこずえを折り、くせ者の足もとめがけ、投げつけたのです。

「不覚《ふかく》。」

と叫んだくせ者の声に、新次郎のやいばが切りつけていました。

「何者だ。名のれ。」

新次郎が、ておいのくせ者の肩を、引き起こしましたが、覆面の顔を地に伏せるようにして、くせ者は答えません。

おりから、雲をやぶった月かげが、青白く森を照らしました。

いきなりゆりが、くせ者の覆面を、はぎ取りました。

「ああ、こいつは——。」

ゆりが叫んで、くせ者の顔をのぞき込んだ時、すでに、への字のくちびるのはしから、糸のような血を流し、男はしたをかみ切っていたのです。

「見おぼえがあるのか、この男――。」

新次郎の問に、ゆりは、強くうなずきました。

「知ってるとも、この男は、あたしの山の小屋に来て、一晩とめてやった山伏だよ。」

「えっ、山伏？」

「足のつめをはがしたから、じいが、親切にかいほうして、とめてやったのに、あたいたちの寝てるまに、じいの薬草とじいのやいた茶わんをぬすんで逃げ出した恩知らずだよ。」

「ふうむ。山伏だと言ったな。」

「うん、七、八人で来て、この男だけ残ったんだよ。」

「その山伏の一行なら、わたしにもおぼえがある。菊姫とわたしの旅の目的を感づき、あくまでじゃまをしようと、つきまとって来た幕府の隠密たちなのだ。」

新次郎は、そう言って、考え込みました。

あの不気味な一行は、まだ菊姫と新次郎を追うことをあきらめず、つきまとっていたのでしょうか。

この男が、すでにあのかくれ家を感づいた以上、もうあのかくれ家も安住《あんじゅう》の場所ではありません。

あるいは、金華城に忍び入った新次郎たちの秘密も、かぎ当てられているのかもしれません。いつのまにか、恵庵がうしろに立っていました。

「賊は？」

「死にましたが、すじょうはわかりました。われらを津軽からつけねらって来た隠密のひとりです。」

あのかくれ家に、もう帰れないと思うことは、恵庵も同じでした。

「わしに、心当りがある。」

恵庵は、その場から、ふたりを連れて、森を抜け出しました。

行き着いた所は、かわらにかかった橋の下です。小屋とは名ばかりの、むしろがこいのこじき小屋が、橋の下に並んでいました。

その一番はしの小屋へ、恵庵は首を突っ込みました。

「熊《くま》、おいてくれるか。」

「ああ、だれかと思ったら、おしょうさんですか。」

中から、名のように、顔じゅうひげで、熊のようにおおわれた、片目の男が、ぬっと首を突き出しました。

「しばらくおみえにならないので、また、旅かと思っていました。」

「うん。旅にも行っていた。こんどはこぶ付きだがいいか。」

「へえ。」

熊は、うさんくさそうに、新次郎とゆりをすかし見ましたが、すぐ、むしろをはね上げて、出て来ると、

「それじゃあ、わっしは、今夜からとなりへまいります。」

と、さっさととなりのむしろ小屋へはいってしまいました。

「さあ、遠慮するな、今夜から、ここがねじろだ。」

恵庵は、なれた調子で小屋にもぐり込み、新次郎と、ゆりを招きました。

「おしょうさんは、こじきとも親類なのかい。」

ゆりがあきれたように言うのへ、恵庵は、

「あはははは。」

と、腹をゆすって笑いとばしました。

【地下牢】

さて一方、金華城の菊姫は、どうしていたのでしょう。

ようやくめぐり会えた木暮新次郎と、話をかわすひまもなく、菊姫は老城主の枕もとにかけつけました。

すでに、そこには、いいなずけと名のる源之介とその母の楓の方がひかえています。

城主は、菊姫が近寄ると、やせ細った手をおよがせました。

菊姫は夢中でその手を取り、

「おじいさま。」

と、叫びました。

ま心のあふれたそのひと声に、清吉と楓の方が、はっとしたように、菊姫の顔を見つめました。

「ひ、姫か。」

城主はかすれた声で、つぶやくと、菊姫のつややかな髪に手をのばし、両手で菊姫の顔を自分の顔の上に、引き寄せました。

「ど、く、を、も、ら、れ、た。か、が、み、の、ひ、み、つ、ゆ、だ、ん、す、な。」

と、菊姫の耳に口を押しつけ、きれぎれにささやきました。

しゃがれた、あるかないかの、弱い声なので、菊姫以外には、だれの耳にもそのことばは聞き取ることができません。

たまりかねたように、楓の方がひとひざのり出しました。

「なんと、おおせられるのです。姫、伝えなさい。」

菊姫は、石のように、身動きもしませんでした。

その顔は、青葉のように、青ざめ、たった今、わが耳にそそぎ込まれた城主のことばの恐ろしさに、からだじゅうが、がたがたふるえそうです。

菊姫がことばも出ず、城主の手を力いっぱいにぎりしめた時、城主はがっくりと首を落しました。

「おじいさま。」

菊姫は夢中で、城主の胸にとりすがりました。けれども、城主はそれっきり、ふたたび、目を開きませんでした。

「鈴姫、最後になんとおおせられたのですか。」

楓の方は、冷たくなった城主のほうを見もしないで、ただ菊姫に、ことば鋭く問いかけました。

「ぞんじません。なにも、私は聞きません。」

菊姫は、涙にうるむ目を、きっと上げて、鋭く言い返しました。

「やい、こしゃくなまねをするな。城主がなにか言ったに違いない。なんでそれを言わぬ。そのうえ、おまえは、たかが、やとわれ姫君のくせに、急になれなれしく、おじいさまなどと呼んだりして、怪しいやつだ。」

ことばといっしょに、清吉が飛びかかり、あっと言うまもなく、菊姫の両手をうしろへねじ上げました。

「何か、秘密をかぎとったに違いありません。この娘の役目は、もう終ったのですから、ぐずぐずせずに、かたづけてしまえばいいのです。」

それまで黙っていた源之介が、にくにくしげに言いはなちました。

「そうだ。城主が死んだうえは、もう金華城は源之介さまの物だ。家中の者どもに、一刻も早く、新城主のひろうをしなければならぬ。」

清吉がそう言うと、楓の方と源之介は、はじめて満足らしくほくそえみ、顔を見合わせてうなずきます。

それから半時間ばかりのち、菊姫は、せまい地下牢に押し込められていました。

手はうしろ手にしばられ、口にはさるぐつわをかまされ、かびくさい地下牢の底に、いも虫のようにころがされたままです。

あすを待たず、殺されることは、さっき清吉と源之介親子が相談しているのを聞いたので、疑うよちもありません。

その時、かすかな物音がどこからともなく、菊姫の耳に伝わってきました。

音ともいえぬような、小さなけはいですが、緊張した菊姫の耳は、それを聞きとがめました。

――なんの音だろう。

それは、野《の》づらを渡って来る風のように、どこからともなく、ひたひたと近づいて来るのです。

「あっ、水……。」

菊姫の目が、恐怖で、さっと見開かれました。

一坪ぐらいの地下牢の壁の片すみに、小さな穴があいていて、そこからひたひたと、水がにじみ出して来たではありませんか。

風のような、あのかすかなけはいは、この水が仕掛戸を通って、この地下牢に近づいて来る足音だったのです。

反射的に、水の出る穴から飛びのいて、菊姫は、地下牢を見まわしました。

四方の壁は、がんじょうな岩と土で塗り固められ、床には、ぬらぬらとこけさえはえている暗い牢です。

かすかな明かるさは、はるか上空の天井から差し込んで来ます。

天井の四《よ》すみが、ギヤマン張りになっていて、そこから牢の中の、とらわれ人の状態を、うかがえるようになっているのでしょう。

差し込むかすかな光のため、とらわれ人は、地下牢の中から、絶対に逃げ出すことのできない自分のみじめな姿をいやというほどさとらされるわけです。

「ああ、ゆうべ、せっかく新次郎さまが迎えに来てくれたのに、実のおじいさまのご最後を、見とどけたいばっかりに、こんなめにあってしまった。今はもう、新次郎さまやゆりちゃんが、ふたたび金華城へ忍び込んでいるころではないだろうか。こんな所にいるとはしらず、わたしをさがしあぐねて敵のわなの中に飛び込んで行くのではないだろうか――。」

菊姫はいても立ってもいられない思いに身もだえしました。

その間にも、水は、休みなくあふれつづけ、いつか、水口《みずぐち》は水にかくれ、刻々《こくこく》、その高さをましてくるではありませんか。

菊姫のくるぶしは、とうに、水におおわれ、今それは、白い足を五センチ、七センチとひたしてきます。

両手をしばられ、さるぐつわをはめられた菊姫に、この水を防ぐ、どんな方法もありません。

【山の客】

飛騨の山中は、きょうもすばらしい上天気《じょうてんき》です。山かげにある、夢幻斎の小屋の庭先からは、白い煙がまっすぐに天に向かってのびています。

夢幻斎が、自製のかまどで、茶わんをやいているのでした。

シカの夕月が、かさこそと、草のしげみをわけて、ぬっと頭を突き出しました。

「おお、夕月か、よく来たな。」

夢幻斎は、すり寄って来た夕月の背をなで、目を細めました。

ゆりがいなくなってからも、夕月は、毎日一度は夢幻斎の小屋をおとずれて、あちこちとゆりの姿をさがしもとめるのです。

ゆりが旅に出たということが、夕月にはわからないのでしょう。

夢幻斎も、ゆりのいなくなったさびしさを、ものを言わぬ獣のおとずれに、どれほどなぐさめられているかわかりません。

きょうの夕月は、しきりに首を上げ下げして、何か夢幻斎に言いたそうな様子です。

「なに、なに、腹がへったのか。ちょうど、これで火入れが終ったところだ。わしといっしょに、おまえもめしを食っていくかい。」

夢幻斎がいとしそうに、夕月の背をなでて立ち上がった時でした。

今、夕月が出て来た草かげの小道から、旅しょうぞくの武士が、現われました。

「夢幻斎殿、おひさしゅうござる。」

武士は、声をかけ、あみ笠を取りました。

五十くらいの、どうどうとしたかっぷくの男です。

「やあ、これはお珍しい。」

夢幻斎の鋭い目にも、人なつかしいかげが現われ、喜ばしそうに武士を迎えました。

武士は、前田藩の金森《かなもり》甚《じん》兵衛《べえ》という、武将でした。

武芸がすぐれているばかりでなく、歌や茶道のたしなみも深く、夢幻斎とは、茶の湯をとおしての古い知り合いでした。

一年に一度とか、二年に一度とか、ひょっこり山をおとずれては、夢幻斎のやいた茶わんの中から、とくに会心の作だけを、こい受けて、主君のもとへ帰って行きます。

茶道のさかんな前田藩には、全国から、茶道具も、名器の数々が集められていましたが、夢幻斎のやきものは、とくにすぐれたものとして、前田侯《こう》が愛蔵しているのです。

甚兵衛が、夢幻斎の茶わんを、殿に差し出すかわりに、ぜったいに作者のすじょうと居場所を聞かぬということが、交換条件とされています。

甚兵衛が茶わんの代価として、持参する金高《きんだか》は、質素な山の暮しでは、使いきれないものでした。

夢幻斎はその金を、ひそかに、火薬の研究のもとでにあてているのです。

まもなく、ふたりの親友は、いろりの火を囲み、木の実で作った山の酒を飲み始めました。

「ときに、ゆり殿はどうなされた?」

「そのことだが・・・・。」

甚兵衛の問に、夢幻斎のひとみが、ふっとくもりました。

「ちょっとわけがあって、津軽から来た旅人につけて、山を下ろしたのだが、それっきり、便りがないので、いささか心配しているところだ。」

「そうか・・・・。実は、今度の使いは、茶わんも目的だがそのほかに、もっと、重大な殿の使命をおびてまいった。」

「と言われるのは・・・・。」

「ほかではないが、マリアの鏡というのを、夢幻斎殿はごぞんじではないか。」

「マリアの鏡、はて……。」

「実は、殿が、マニラでなくなられた高山右近殿のことをお調べになっているうちに、右近殿の父上の高山ダリオさまが、キリシタンのために、ばく大な財宝を残しおかれ、そのありかを、三つの鏡にわけてかくしておかれたということを、発見された。真偽のほどははかりがたいが、そのような事実が、あるとすれば、当時のキリシタンの生き残りとしての、貴殿がごぞんじではなかろうかと言われるのだ。」

「しかし、わしのすじょうは、前田侯が、ごぞんじないはずではないか。」

「もちろん、わたしはそれを殿に打ち明けたことはない。しかし、あの無銘の茶わんを、慧眼《けいがん》の殿は、とうにアントニオ夢幻斎の作だと見抜いておられる。そうでなくて、どうしてはるばるわたしを、こんな山奥まで使いによこされるだろう。殿は、このたびも、夢幻斎に聞けとはおおせられなかった。ただ、わたしを召して、マリアの鏡と伝えられるころの三つの鏡の手がかりを、たずねてまいれと、言われただけじゃ。夢幻斎殿、お願いです。もしも、その鏡について、ご承知なら、甚兵衛の武士をたててはくださらぬか。」

夢幻斎は、石のように身動きもせず、じっと、目を閉じています。

やがて、かっと両眼を開き、

「よろしい。これまでわれらをかくまってくれたあなたのご恩にむくいるためにも、また、わたしを、アントニオと知って見のがしてくれた前田侯のご恩にこたえるためにも、いや、もっと大きな目的を果すためにも、わしは、一身をとして、前田侯に会いましょう。」

「ええっ、山を下られると言われるのか。」

「ええ。」

「しかしそれは・・・。」

「いや、わかっておる。今、幕府がどのようにかくな、キリシタン狩りを始めているか、よく知っておるのだ。しかし金森殿、この小屋もその意味では、もうあぶない。このまま来られた時と、今度では、小屋の位置が違っていたでしょう。もうすでに、この小屋は、幕府の隠密どもに、かぎあてられたのだ。薬草とわしのやいた茶わんがぬすまれて、証拠の品になっている。いつ襲われるかわからぬ心配もあり、ゆりを、思い切って山からおろした。」

その翌日、朝日を受けて、旅姿のふたりの人影が、山を下っていきました。

【地上の光】

刻々と水が増してくる水牢の中で、菊姫は必死に祈りをささげました。

「天の御父上《おんちちうえ》さま、私は、ひとときも早く、おそばにあがれることをしあわせだと思います。けれども、私の受けた使命をまだ果しておりません。私の使命には、津軽に流されているキリシタンの、いえ、ひいては日本国中にかくれ住み、地獄のような迫害にたえているキリシタンの命がかかっております。

天の御父、お願いでございます。み心ならば、私にこの水牢を出る知恵と力をおさずけくださいませ。」

氷のようなつめたい水は、もうひざを上がり、ももをひたし、いまにも、菊姫の腰へはい上がろうとしています。

その時でした。

菊姫は壁によりそい、必死にもがいていた手の指先に、ちくりと、痛みを感じました。うしろ手に手首をしばられたまま、菊姫は、なんとか、手の自由を取りかえそうともがきつづけていたのです。

菊姫の細い指先は、今の痛みの原因をさぐろうと壁をなでていきました。

また、ちくりと、指のはらに痛みが伝わりました。指は、生き物のように動き始めました。

「おおっ！　岩かどだ！」

菊姫の青白いほおに、さっと血の色が上がりました。

岩と土でぬりかためられ、ぬらぬらしけている壁の中ほどに、そこだけ、岩がかけ落ちたのか、鋭く、岩かどのとがった箇所があったのです。

菊姫の指先は、それが、鋭い刃物のようになっているのをさぐりあてました。

菊姫はぴたっと、岩壁に身をはりつけると、その岩かどに、手首の綱を押しあてました。そして、力いっぱいからだを壁にこすりつけました。ざりっと、綱がすべり、岩かどのきっさきが、鋭く手首の肉を切りつけました。

ぬらぬらした血しおが、なまあたたかく、手のひらに伝わってきます。痛みが、ずうんと、脳天へ伝わりました。

菊姫は歯をくいしばると、それにこりず、また、ぎしぎしと、綱をこすりつけます。

三度に一度は、岩かどが手を傷つけます。

でも、こうして、手の自由を取りもどさないかぎり、この水に、みるみるまき込まれてしまうばかりです。

菊姫のひたいからはあぶらあせがにじみ、くちびるは、痛みをたえるため、歯でかみさかれてきました。

それでも、ぎし、ぎしと、綱をこすりつづけています。

水のつめたさは、しも半身をしびらせ、水の上がっていない胸の上まで、しんしんとひえてしびれてきました。

ふりそでが、びっしょり水をすい、重いくさりのように、からだを水中にひきずり込んでいくようです。

ぶつっと、手ごたえがありました。

かたくしばった綱の一本が、ついに岩かどに切りやぶられたのです。

菊姫の、あぶらあせと涙でかすむ目の前に、金色の光に包まれた、聖母マリアのお姿が、もうろうとうつりました。

「さんた、まりあ。」

菊姫は、つめたさと、疲れに、今にも気がとおくなりそうなのを必死にこらえ、さらに手首の綱を切る努力をつづけました。

水が腰をなめ、今にもとがった岩かどをかくそうとした瞬間でした。

力まかせに引いた菊姫の手首が、綱が切れてぱっと自由をとりもどしました。

その時、すさまじい地なりがして、牢の中の水が、たつまきのようにおどり上がりました。ひとたまりもなく、菊姫は、水の中にまき込まれました。

ようやく、水をかきわけて立ち上がると、思わず、

「あっ！」

と、叫んでいました。

たった今、水にたおれる瞬間まで、黒い岩壁だっ

た一か所が、ぽっかり穴をあけています。今の地震で、何かの仕掛けがくずれ落ちたのでしょう。足先でさぐると、その下の水中に、大きな岩がころがっているのがわかりました。

菊姫は夢中で、その穴によじ上りました。穴の中は、暗い細い道が、どこかに通じているようです。

暗やみの抜け道を、はうように、どれほど進んだでしょうか。急に、ぽっかりと、前方に丸い穴があき、ひの光がきらめいている外界が見えました。

からだがうずまりそうな野草の茂みの中に、菊姫は立っていました。

ふりかえると、ぞう木林《きばやし》のかなたに、金華城の天守の金色の屋根が、まぶしく太陽をはじきかえしています。

助かったわ！

そう思った時、菊姫は、すうっと頭の血がひいていき、草の中にばったり倒れました。

【角兵衛獅子】

金華城の天井裏に忍び込んだゆりはやもりのように、ぴたっと、天井板にはりついていました。

きょうで三日、ゆりは、菊姫をさがしつづけています。

新次郎と恵庵とゆりが、菊姫を救い出すため、ふたたび、金華城を襲った時、菊姫の姿は、もう、城に見出せなかったのです。

ゆりは、その時から、得意の身軽さで、へやからへやの天井を伝い歩き、しらみつぶしにさがしつづけました。

「でも、へんだと思わない？　またお姫さまが神かくしにあうなんて…。」

下のへやから聞えてくるひそひそ声に、ゆりの目が、きらりと光りました。

そっとのぞいてみると、下の腰元べやで、ふたりの腰元が、着物のていれなどしながら話しています。

「しいっ！　大きな声で、そんなこと、言うものじゃないわ！　もし、楓の方にでも聞えてごらんなさい。たちまち、これよ。」

もうひとりの腰元が、手で自分の首をちょんと、切り落とすまねをして見せました。

「ふふふ・・・・でも、お姫さまの消えたことは、おつき腰元の私たちふたりしか知らないと思えば、ちょっと愉快ね。」

「あのね、あなたがぜったい言わないなら、話してあげるけど、お姫さまは、水牢に投げ込まれたのよ。」

「ええっ、水牢に？」

聞いていた腰元よりも、天井裏のゆりのほうが、顔色をかえました。ようやく、菊姫のことがわかったとはいうものの、なんという思いがけないことでしょう。

「そう・・・・あの裏庭の、つき山のお堂の中に、水牢があるのは知っているでしょ？。」

「ええ、敵の間者などが、城中にはいっていて、みつかった時、おしおきにするための牢だと聞いているけど・・・・。」

「一度入れられたら、ぜったい出られない牢で、水がわき出て、かならず、おぼれ死んでしまうんですって。」

「それで、お姫さまも、とうとう？」

ゆりは、天井板に、耳をこすりつけました。

腰元は、急に声をひそめ、耳に口をつけてささやいたので、ゆりは聞きとれません。

次の瞬間、ふたりの腰元は、いきなり、天井から、ふってわいた黒い人かげに、声も出ないほど驚かされました。

「くせ者っ！」

叫びかけたひとりのひばらに、

「ええいっ！」

と、ゆりのひくいが鋭い気合がかかり、あて身があたって、気を失いました。

もうひとりの胸に、ぴたっと、短刀のきっさきをあてがいながら、黒覆面の中から、ゆりが、鋭く聞きました。

「お姫さまのご安否をかくさず言えば、命を助けてやろう。」

その声が、こどもらしい女の声なのに、腰元の目が、いっそう気味悪げに見開かれました。

「い、言います。」

「水牢の中で、なくなられたのか。」

「い、いいえ。そ、それが、あの地震のあったあと、源之助さまが見にいかれると、もう、お姿が見えなかったそうです。」

「うそをつくと命はないぞ。」

「ほ、ほ、ほんとです。」

腰元は、ぶるぶるふるえながら声をつぎました。

「私は、お廊下のひのしまつに行って、つい、源之助さまが、楓の方さまに話されるのを、立ち聞きしてしまったのです。水牢の中の岩が、地震でくずれ落ち、そこに通じていた間道《かんどう》（ぬけみち）から、逃げられたらしいと……。」

「よしっ。」

声といっしょに、ゆりの右手が目にもとまらぬはやさでのびました。腰元は、ゆりのあて身に、ひとたまりもなく、その場にくずれました。

「あたいが消えるまで、そこで仲よくひと寝いりしておくれ。あばよ。」

覆面の中で、ゆりはにこっと、あどけなく笑うと、風のように音もなく、暗い庭へ飛び降り、たちまち、闇の中に消え去って行きました。

その翌日――。

橋の下のこじき小屋の中から、角兵衛獅子のきょうだいがたち現われました。

木暮新次郎とゆりの変装した姿です。

「では、道中、じゅうぶん気をつけてな。」

すっかりこじきぼうずくさくなった恵庵が、見送りました。

「元気でな。」

「かえりはきっと寄っておくれよ。」

並んだこじき小屋の中から、もうすっかり仲よしになったこじきたちが首を出し、口々に見送ります。

新次郎がおもしろがって、手にしたうちわだいこをたたくと、ゆりはすかさずみごとなとんぼ返りを、たてつづけに五つほどして見せました。

こじきたちが、やんやと手をたたいてはやすので、橋の上の通行人がびっくりして下をのぞいて行きます。

みんなに見送られながら、新次郎とゆりは、ふりかえり、ふりかえり、道を急ぎました。

菊姫が助かったとすれば、一刻も早くと、旅を急いでいるに違いありません。

恵庵にせきたてられ、ふたりは身をやつして、菊姫を追う旅に出たのでした。

「ねえ、新次郎さん、あたい心配なんだけど菊姫さまは、水牢を出てゆくえがわからないでしょ。かならずぶじだといえるかしら。」

ゆりは、心配そうな顔で新次郎を見上げました。

「もし、まだ金華城の城下に忍んでいるとすれば、恵庵さんが、かならず見つけてくれるのだから、三日もあればしらみつぶしだ。」

「あたい、なんだか心配だなあ。」

【もう一つの鏡が】

城下の出はずれの、みつまた道で、新次郎とゆりは、左の道へ進みました。

その時、右の道から、金華城の城下へはいる、たった今、ゆりたちの歩いてきた道へ、ふたり連れの旅の武士がやってきました。

すれちがって、二、三歩進み、武士のひとりが、ふと足をとめました。

ふたりとも、どうどうとしたかっぷくで、深い旅笠で顔はわかりませんが、みるからに人品のいやしくない武士です。

「いかがされた？」

「いや、なに、今、すれちがったあの角兵衛獅子の少年のからだつきが、ふっと、ゆりに似ているように思ってな。」

「ゆり殿なら、女連れのはず。」

「そうだ、それに今ころ、こんなあたりにいるはずもない。はっはっはっ……。」

そう言いながらも、武士はちょっと笠を上げて、もう一度、遠ざかる角兵衛獅子を見送りました。

笠のかげの顔は、夢幻斎でした。

いうまでもなく、連れの武士は、山へ夢幻斎をたずねて行った、前田藩の金森甚兵衛です。

「おお、あれが金華城の屋根か、なるほど、聞きしにまさる、金色だな。」

甚兵衛が、ゆくての空に輝く、金華城のまばゆさに声をあげました。

それから、まもなく、橋の下のこじき小屋の中で、夢幻斎と甚兵衛は、恵庵と、かなえざにすわっていました。

「うーむ。では、やはり、あれが、ゆりであったか。」

夢幻斎の口から、ざんねんそうな声がもれます。

「しかし、まさか、ゆり殿が、夢幻斎殿のおまごさんとは知らなかった。」

恵庵も、いかにもざんねんそうに言いました。夢幻斎と恵庵は、九州でポルトガル語をならった仲間だったのです。

夢幻斎は、恵庵とは、キリシタン仲間の秘密の文通があったので、このこじき小屋のかくれ家も知っていたのでした。

そのうえ、今度の目的は、恵庵と夢幻斎しか知らない、マリアの鏡のことで、恵庵をおとずれたのです。

「金華城の鏡は、ぶじであろうか。」

夢幻斎のことばは静かですが、その目は、それを言う時、ひときわ鋭く光りました。

「さあ、そのことだ……。」

恵庵は、金華城の老城主が死のまぎわに、菊姫に鏡を手渡し、その鏡は、菊姫の手からゆりに渡されたことを語りました。

「おお、それでは、今、ふたつの鏡を、新次郎とゆりが持って旅をしているわけだな。」

夢幻斎の顔が、はじめてほっと、やわらぎました。

「さよう、ぶじ、守りおおせて、前田家までとどけてくれと、祈りつづけているのだ。」

「いや、あの鏡の秘密は、どうやら、幕府に感づかれていて、隠密の一行が、つけねらっているのだ。おそらく、新次郎とゆりも、追われていよう。」

夢幻斎は、けっして油断していない声で、うめくように言いました。

「それにしても、菊姫は？」

「さあ、それが……。」

恵庵は、菊姫が、水牢の中から消えてしまったことを、語りました。

「きょうから、こじきたちが、城下中にちらばって、菊姫の消息をさぐっています。もし城内にいるとすれば、かならず見つけ出してくるでしょう。」

夢幻斎は、じっと目をとじ、菊姫のぶじと、ゆりたちの道中の安全を、ひそかに祈りはじめました。


人の話し声のようなものが、波のように遠のいたり、近づいたりして、菊姫は、ようやく意識を取りもどしました。

ふっと、目を開くと、待ちかまえていたように、

「おっ、気がついたようだ。」

のぶとい男の声がして、急に、あたりがざわざわすると、いくつもの目が、菊姫の顔をのぞき込んできました。

鋭い、わしのような、底光りのする目を見つめかえすうちに、菊姫は、あっと、飛びおきました。

「ようやく、正気づいたな。」

「あっ、おまえたちは！」

「そうよ。津軽から、ずっと、おまえをつけてきた者だ。わっはっは。とうとう、つかまえたな。」

菊姫の顔から血の色が、さっとひき、ろうのようになりました。

新次郎と菊姫を、影のように追いつづけてきた、あのぶきみな山伏の一行、江戸の隠密たちでした。

「もう、のがしはしないぞ。いや、しかし、正直に、あることを白状さえしてくれれば、命だけは助けよう。」

菊姫のまわりに、いつのまにか、数人の者がぴったりと寄りそい、逃げだすすきもないように取りかこんでいます。

あの抜け穴から出て、草の中に気を失ったところをこの男たちに見つかったのでしょう。

「正直に言え! いやもう、おまえのからだは調べてある。帯の中までもな。マリアの鏡は、おまえが持っていないことはわかっている。津軽から持ち出したマリアの鏡だ。さ、それをどこへやった?」

「マリアの鏡? 知りません。そんなもの!」

【うなるむち】

「ふん、なかなかしぶといやつじゃ。さすがキリシタンの娘だけのことはある。」

菊姫の顔をにらみつけていた隠密たちは、目でうなずき合いました。

菊姫は、知らないと言い切ったものの、マリアの鏡のことまで感づかれている隠密たちには、ますますゆだんがならないと、青ざめました。

「いくら、強情はっても、必ず、口を割らせてみるからな。」

首領らしいのが、こう言うと、目で合図し、若い男が、しなう皮むちを持って菊姫のうしろへまわりました。

「痛いめにあいたくなければ言え。木暮新次郎はどこにいる?」

「知りません！　わたしは金華城に捕われていたのです。新次郎さんとは、はぐれたきりです。」

「言うな！　新次郎が、城に二度までしのびいったのは、わかっているのだ。」

「知りません！　どんなめにあっても、知らないものは知りません。」

「うーむ、いい覚悟だ。よしっ。では、痛いめにあわせてやる。」

たちまち菊姫の耳もとでひゅーっと、風を切るむちの音がしたかと思うと、肩先に、ぴしっと、焼けつくような痛みが伝わりました。思わず、身をふせていく背中へ、またもや、ぴしいっと、むちが振りおろされました。

菊姫は、歯をくいしばり、悲鳴をあげます。と、からだをえびのように曲げ、痛みに耐えました。ぴしりっ、ぴしりっ！　ようしゃのないむちの雨に、いつのまにか、くちびるはかみ破られ、赤い絹糸のような血が、白いあごに伝わります。

――気を失っても言うまい！　鏡の秘密！　でも、わたしはほんとうに新次郎さまのゆくえを知らないのだ。この城下にいることだけはわかっていても……。――

菊姫の目の中は、いつのまにか薄暗くなり、がっくり首をおとすと、気を失っていきました。

「もうよい。殺してしまっては困るのだ。木暮新次郎をおびき寄せるには、菊姫はたいせつなおとりだからな。」

気を失った菊姫は、草に入口をおおわれた岩屋の中へ運ばれて行きました。二十畳敷ぐらいの大広間になっていて、そこで、山伏に化けた隠密たちは、寝起きしているのです。

くまの毛皮を敷いた上へ、菊姫は寝かされました。菊姫のまくらもとで、隠密たちは車座《くるまざ》になって相談を始めました。

「このまま、菊姫が強情をはり通すとしたら、最後の手段しかない。」

「最後の手段とは?」

「菊姫をキリシタン狩の時に、捕らえてしまうのだ。はりつけにすると立札をだせば、新次郎がまだこの城内にいるものなら、必ず助けにこずにはおられまい。」

「なるほど、それはいい考えだ。」

そんなたくらみがはかられているとは知らず、菊姫は、かすかにうめき声をあげて、目を開きました。

【夕焼け雲】

「新次郎さん、あたい、おなかすいちゃった。」

「はっはっは、ゆりのおなかは、日に五へんくらい、ご飯を食べなきゃだめだね。」

「だって、しょっちゅう、とんぼがえりばかりやってんだもの。」

ゆりと、新次郎は、仲よく肩を並べ、ほこりっぽい街道を進んで来ました。

「あっ、あそこの茶店に、名物ふかしまんじゅうっていうのがあるわ。」

「じゃ、一休みとするか。」

ふたりは、道ばたの茶店にはいって行きました。

その時、中から土地の目あかしらしい男が、主人に送られて出て来ました。

「では、今のこと、しっかり頼んだよ。」

「へいへい。なにしろ、お客が多いものでございますから、目を見張っております。」

「変装しているかも知れないからな、よく注意してくれ。とにかく、この男をつかまえれば、たんまりごほうびがいただけるのだからな。」

目あかしが出て行ってしまうと、店の端で、ふかしまんじゅうを食べていた薬売りが、主人に聞きました。

「なんのお調べだい？」

「へえ、なんでも、お上《かみ》が追っかけてるたいへん悪いやつが、この街道を通るらしいんですよ。一度とっつかまって、とうまるかごで送られていたのを、また逃げ出したやつだそうでしてね。ほら、こんな女のようにきれいな顔をした若い男なのに、恐ろしいもんですねえ。」

茶店の主人は、ふところから、たった今、渡されたばかりの人相書を見せました。

ちらっと、それをのぞいたゆりが、ぎゅっと、新次郎のひざをつねりました。

運ばれてきたまんじゅうを食べながら、ゆりの足が地に字を書いていきます。一字書いてはすぐ消し、またその上に書いているゆりの足もとを、新次郎が、何げない顔つきで見つめました。

「あのかみのかお、しんじろうさんのかお、はやくでよう。」

新次郎は、顔を引きしめ、うなずきました。逃げた新次郎を、そのままにしておく幕府ではないはずです。やっぱり、ここまで追手がせまっていたのです。

「ごちそうさま、おあし、置くよ！」

新次郎はさっさと先に歩きだし、顔を見られないようにしました。ゆりがわざと大きな声で言って、お盆にお金を置くと、自分も身軽に飛び出しました。

「あっ、角兵衛獅子さん。おつりですよ。」

「いいよ、帰りにまた寄せてもらうから。」

ゆりは、ぴょんぴょん新次郎のあとを追いながら振り返って答えました。

「おやっ!」

その顔を見た薬売りが、つぶやいて、はてなと首をひねりました。

「どこかで見た顔だ。」

薬売りの目が急に、きらっと、鋭く光りました。

遠ざかりながら、ゆりが、きりきりととんぼがえりをうっています。その身軽な動きをじっとみつめていた薬売りが、うーむとうなりました。

「そうだ、あいつだ。夢幻斎の山小屋にいた小娘だ。あのさるのようにすばしこい……。」


薬売りが、自分のひざを打ちました。紺もめんで包んだ薬の荷をひょいと肩にすると、薬売りは、すぐ茶店を飛び出しました。

夢幻斎の山小屋に立ち寄ったあの山伏姿の隠密のひとりが、薬売りに変装して、この街道を見張っていたとは、ゆりも新次郎も、さすがに気がつきません。

恐ろしく足の早いその男は、ネコのように足音も立てず、たちまちふたりに追いつきました。

「いいおひよりですね。旅はこう、からっと晴れてくれなくちゃあね。」

なれなれしく、ゆりの横に並び、薬売りは話しかけてきます。

ゆりが、人なつっこい目でちらっと振り向きました。

——ふむ、まぎれもない山小屋の娘だ。男の子に化けるとは、考えたものだな。連れの男は何者だ？――

薬売りは、ゆりの正体を見抜きながら、なにくわぬ顔で、さらになれなれしく、ゆりを越して新次郎のほうへ話しかけてきます。

「にいさんたちはどちらへ？」

「まあ、その日かせぎの旅まわりだから、その日の風まかせ、日よりまかせでね。」

新次郎は、あたりさわりなく言って、このうるさい男から、離れようとしました。

薬売りは、あっと、声をのみました。りりしい横顔、涼しい目の張り、津軽から、菊姫といっしょに出たのを追い続けて来た木暮新次郎にまちがいありません。

――ちくしょう！　やっぱり、こんなところへ化けていたのか。――

そうとも知らず、仲間のものは、金華城近くの岩屋の隠れ家で、新次郎を捜しているのかと、薬売りはぎりぎり、くやしがりました。

新次郎たちのことを、仲間に知らせるべきか、新次郎をここで、めしとってしまうべきか、薬売りはまよいました。一対一では、とても新次郎に勝てないことを、今までの経験で知っています。

――よし、きょうは一日つけて歩いて、マリアの鏡の所在や、この娘とのつながりを探ってやろう。――

そんな危険な敵がくっついているとも知らず、新次郎とゆりは、ただ、うるさい道連れだと思って、一本街道を進んで行きます。

ゆりが、気をまぎらせるように、でたらめの角兵衛獅子の歌をうたい始めました。

「きょうも旅寝の角兵衛獅子

とんぼ返りで夕焼け見れば
ふるさと恋し、山恋し
くるり、くるくるまわってたたく
ないて嘆くよ　とんと旅いやと。」
ゆりの声がふるえ、いつのまにか、つぶらなひとみに、うっすらと涙が光っていました。なつかしい山とじいと、シカの夕月が、赤い夕焼けのかなたに浮かんでいるようです。夢幻斎が、自分の出たあとの、恵庵の小屋に来ているとは夢にも知らぬゆりの、ふるさと恋しいせつないおもいでした。

【サンタマリア】

「おしょうさん！　たいへんだ！」

橋の下の恵庵のこじき小屋へ、隣のこじきが息せききって、飛びこんで来ました。

「また、キリシタン狩が始まった。たった今、大通りの油屋のごていしゅとおかみさんが、引っぱって行かれたよ。」

「なに？　またキリシタン狩だと？」

恵庵と、夢幻斎と、金森甚兵衛は、顔を見合わせました。

「なんでも、油屋の仏壇の奥の壁の中に、マリアとみこの像がはめこんであると、密告されたんだそうです。今夜、八幡さまでふみ絵があって、あの夫婦と、もうひとり、よその娘がふまされるそうですよ。」

「へえ、なんでも、人のうわさじゃ、お姫さまのようにきれいな娘だそうです。」

聞いていた三人の目が、同時に光りました。

――菊姫ではないだろうか。――

その夜、八幡さまの境内は、竹矢来《たけやらい》で囲まれ、外には、見物人がつめかけていました。

久しぶりのふみ絵だというので、人々は異ように興奮しています。

このふみ絵を、拒んだなら、今夜のとらわれ人の三人は、あすの夜明けに、はりつけになり、みせしめのための火あぶりにあうのです。

こわいもの見たさで、見物たちは、竹矢来にしがみついて、わいわいうわさしあっていました。

やがて、三人のキリシタンが引き出されました。

情《なさけ》深くて、人助けをしたことの多い油屋の夫婦のなわつき姿を見て、すすり泣きの声が、見物からもれました。ふたりのあとに、うちしおれて、やはり手首をうしろにしばられた娘が現われました。やつれてはいても、菊姫にまぎれもありません。

――やっぱり、そうか。――

見物の中にまじっていた編みがさの夢幻斎と恵庵は、ひそかにうなずきました。

赤々と燃えるかがり火に、一枚のかわらのような色をした銅板が照らしだされました。キリシタン調べのため数えきれない人々の足にふまれ、マリアもみこも、すり減って、ぼんやり、人の姿が浮かんでいるだけです。けれども、熱心な信者にとっては、そこから後光が光り輝くように思われる聖母子の姿に見えるのでした。

突きだされた油屋の主人は、ふみ絵に向かってはらはらと、涙を流しただけで、足の指も触れようとはしませんでした。

次の油屋の妻は、踏み絵にひざまずき、自分のそでで、マリアとみこの御顔をぬぐうと、ひしと、その上に口づけしました。

竹矢来の外で、ざわめきが起りました。

菊姫は、ふたりのあとに引き出され、美しい顔に

きらきら光る涙を流し、清らかな声で、

「サンタ・マリア。」

と、祈りの声をあげました。もちろん、ふみ絵に足をかけるなど、思いもおよびません。

三人のしゅう人は、その場で、りっぱなキリシタンとみなされました。

ため息と、ざわめきで、竹矢来の外は、騒ぎたちました。

「かわいそうに、あれで、あすはおしおきか。」

人々の中から、もうすでに、恵庵も、夢幻斎も姿をくらましていました。

その夜も明けようとするころ、町はずれの丘の上の刑場には、三つの白木の十字架が、高々とかかげられました。

白むくに身を包んだ、三人のキリシタンの、あきらめきった姿が、痛ましく十字架にしばりつけられています。

「私がここで天国へめされても、新次郎さまが、きっと使命をはたしてくれるだろう。」

今は、あきらめきって、夜明けの明星のようにきらめく菊姫のひとみには、なみだの跡もありませんでした。

いつのまに集まったのか、刑場のまわりには、ひしひしと見物人がつめかけていました。

むごいはりつけの刑罰をみせしめにすることが目的なので、役人は人々をとがめません。

雲間から、突然、矢のように金色の光りがさしつけました。と、みるまに東の空は朱と紫の雲が輝きわたり、燃えるような太陽がゆらゆらとのぼり始めました。

三人の十字架上の顔に、こうごうしく朝日が照りつけ、この世の人と思えないとういおもかげに見えました。

その時、処刑を知らせる合図のたいこが、ぶきみにど、ど、どうんと、鳴りわたりました。

いま、まさに、十字架の下に積みあげられたたき木に、火がつけられようとした瞬間です。突然、ふしぎな音とともに、ぱあっと白煙《しろけむり》が、刑場いっぱいにわきたちました。

【通り魔】

とつじょわき起った白煙は、みるみる、三本の十字架を包み、刑場の四方へひろがっていきます。

「わあっ。」

と、わけのわからない叫び声が、見物人の中から、潮ざいのようにわきたちました。

「奇蹟だ！」

「神の煙だ！」

だれ言うとなく、白煙の中からそんなことばがひびいてきます。

煙は、こっこくに濃さをまし、右往左往する役人たちをまき込み、見物人の頭上へひたひたとせまってきました。

においも味もないのに、まるで命のある生き物のように、煙はその翼をひろげつづけるのです。

「くせ者だ！」

「刑場あらしだ！」

「出あえ！」

「出あえ！」

白煙の奥から、こんな叫び声がひびいてきました。

いつのまにか、煙の壁は、一寸先も見えない厚さに、あたりをぬりこめているのでした。

刀のふれ合う音、人の断末魔のような「ぎゃあっ。」という悲鳴。はげしい気合いの声…。

そんなものが、煙の中からわき上がってくるころ、見物人たちは、むが夢中で、なだれをうって、刑場から逃げ出していました。

いつのまにか、城の物見から、不気味なたいこの音が鳴りつづけています。

異変を告げる乱調子のその音は、今や、かくかくと上り始めた、あかつきの太陽にいどむように、鳴りつづけています。

城の中から、百騎ばかりの騎馬隊が、丘の上の刑場へかけつけた時、そこには、もはや、朝霧さえも残ってはいず、明《あ》かるい太陽の下に、打ち倒された三本の十字架が、しらじらと横たわっているだけでした。

ふみあらされている草の茂みに、たった今、この丘で、恐ろしい惨劇が行われた名ごりがうかがえるばかりでした。

「しまった！　一足おそかった！」

もぬけのからの三本の十字架を見て、追手の隊長はじだんだふみました。

十字架の下に、みごとに切って落されたあさなわがあるばかりで、油屋夫婦も、菊姫の姿も、かき消えたように見当りませんでした。

「あっ、ここに、こんなに！」

部下の叫び声に、隊長がかけつけてみると、丘の一本杉のかげの草むらの中に、けさの刑場をかためていた武士たちが、るいるいと積みあげられていました。

「死んではいません。みんな、みね打ちと、やわらのおとしです。」

部下の声に、

「恥さらしめ！」

隊長は、気を失った人間の山に、ペッとつばをはきかけました。

これだけの仕事が、ひとりやふたりの小人数でできたとは信じられませんでした。

そんなら、いったい何者が、これほど大胆に、刑場を襲ったのでしょうか。

まるで通り魔のような、すばやい、恐ろしい行動でした。

みんな手わけして、必死に草の根をおこし、さがしてみましたが、何一つ、証拠になるものも、落してはありません。

その日のうちに、この事件は、城下じゅうに知れわたりました。

うわさは、まるで、あの奇怪な白煙のような勢いで伝わっていきました。

「おれは見たよ。白い煙の中から、白装束の人間が、まるで、あわみたいに、あとからあとからわきだしてきたよ。」

「おいらも見たよ。めっぽうすばしこいやつが、どんとおいらにぶつかって、刑場へかけこんで行ったんだ。」

「おれは、まっ白の馬が、何頭も煙の中からおどり出したのを見たぜ。」

「わかった！　あれはきっと、森のおいなりさんが化けて、助けにきたんだよ。」

「だって、おいなりさんとキリシタンとは親類かな。」

「きつねは人を化かすし、キリシタンだって魔法を使ってみせるじゃないか。まあ親類みたいなもんだろうじゃないか。」

そんなうわさが、とびちっても、何百人もいた見物人の中で、だれひとり、三本の十字架から奪われた三人の囚人のゆくえを見とどけた者はないようでした。

その日も暮れて――。

まっ黒な川の水面に、十三夜の月が、青い光を落し始めました。

橋の下のこじき小屋の中では、恵庵と夢幻斎が向き合っていました。ことばもなくじっと耳をすませたふたりの表情は、たよりないろうそくのゆらめきの中にも、ぴいんと、緊張して見えます。

朝からのつづきで、まだ町の中をしらみつぶしに探索している役人たちの足音が、ときどき、静かな夜の空気をかき乱し、走りすぎます。

「金森殿は、ご無事だろうか。」

恵庵がぽつりと、つぶやきました。

「さよう、まず、前田藩の重臣だからな。」

夢幻斎は目をとじ、腕組みしたままで答えました。

「それにしても、夢幻斎殿の火薬の威力にはおそれいった。うわさには聞き伝えていたが、あれほどのものとは、思わなかった。」

恵庵は感にたえかねたように、つぶやきました。

けさ、刑場に忍んでいた夢幻斎は、十字架の上に菊姫の姿をみとめると、目にもとまらぬ速さで、ふところの火薬を十字架めがけて投げつけたのでした。

はげしい地面とのまさつで、手の中にはいるほどのまりのような火薬が割れ、中から、白煙がわき上がったものなのです。

白煙の中に、きつねの化け物が走ったと見物たちの目にうつったのは、この白煙の上がるのを、待ちかねていた恵庵の手下のものたち、つまり、城下じゅうのこじきの一味だったのです。

ぼろをかなぐりすてれば、中には、純白の白装束を着こんでいました。それは、煙にまぎれるようにとの、夢幻斎の兵法の一種でした。

通り魔のような速さで、十字架を倒し、三人の囚人をさらうと、用意の白馬に乗せて目にもとまらぬすばやさで、刑場をかけ去っていたのです。

油屋夫婦は、まえに助けたことのある商人一家にかくまわれました。

菊姫は、金森甚兵衛が連れて、もう旅路を急いでいるはずです。

「今帰りました。」

むしろをさげた入口から、にゅっと、顔をつきだしたのは、隣のこじきでした。

「お、ご苦労、ご苦労。で、町のようすはどうじゃな。」

恵庵は座をずらせ、男を中へ、まねきました。

このこじきも、けさは白装束で大活躍したひとりです。こじきの中には、昔、れっきとした武士だったが、どうしてもキリシタンの信仰をすてることができないため、おちぶれて、こじきをしている者が多いし、また、生まれついての貧乏に、心から絶望して、キリシタンの信仰にとりすがっているこじきも多いのでした。

この男は、目のくばりやものごしに、まだ武士の名ごりが残っているこじきでした。

「金森さまは、ご無事に、監視の目を通って峠を越えられました。三度ばかり、見張りの役人に調べられましたが、前田の殿さまのお墨付きを見せると、ふるえ上がって通しておりました。」

「そうか、ご苦労だったな。」

恵庵と夢幻斎は、顔を見合わせ、ほっと、うなずき合っています。菊姫を無事に逃がすため、わざと人目をひきやすい夢幻斎は、いっしょに行かなかったのです。

【黒いつづら】

「新次郎さん、あのいやなやつ、ほんとうにうるさいわね。あたい、あんな、べたべたした男大きらいさ。」

ゆりは、新次郎にぴったりとからだを寄せると、二三歩あとから、あいかわらずついてくる薬売りのことを、さもはらだたしそうにいうのでした。

あの茶店から、いっしょに歩きだした薬売りは、しきりに話しかけながら、ふたりにくっついてはなれません。

新次郎にしても、ゆりにしても、人目をさける旅なのですから、へたに親しい人間は作らないことにしているのです。

「ごまのはえかしら?」

「あの目つきは、どろぼうじゃない。もしかしたら侍だよ。」

「へえ、それにしちゃ、あたいたちのこと知っててくるのかな。」

「油断はしないほうがいい。」

ひそひそ話し合っていることの内容を、知ってか知らないのか、薬売りは、あいかわらずくっついてきます。

「ねえ、お獅子のだんな、けさからいやに街道のかためが厳重になりやしたね。」

薬売りが、新次郎の横に追いついて、顔をのぞきこみながら言いました。

それは、この男に言われるまでもなく、新次郎もひそかに気づいていたことなのです。

昨夜はどうせ、人相書がまわっているだろうからと、宿屋には泊らず、道ばたのあれたお寺の縁先に泊りました。その時も薬売りは、宿へ行かず、たまにはこんなのも風流ですなと、みょうなことを言って、ふたりといっしょに、そこに泊ったのでした。

ところが、けさは、行く先行く先に、四、五人、十人と、ものものしい警護の役人のかたまりが、道をふさいで通行人を調べています。

「おいっ、角兵衛獅子、ちょっと待て！」

かならず呼びとめられては、取り調べを受けるのでした。まるで、うす氷の上を歩くような思いです。

――おかしいな、わたしの人相書がまわっているのにしては、男を調べるのに熱がない。――

新次郎は、胸の中でひそかに考えていました。かえって、ゆりのほうが、たてからもよこからもながめられて、

「年はいくつだ。」

など、しつこくきかれます。ゆりがうるさがって、

「へん、とんぼ返りでもしてやるから、見ておくがいいや。」

と、たんかをきって、くるくるまわって見せると、

「かわいい顔をしているけれど、やっぱりこれは男の子じゃな。」

など、ささやき合っている役人たち。

――おかしいぞ。どうやら、これは、女を探索しているらしい。――

新次郎はなにくわぬ顔で、ゆりを連れて、役人の

囲みをすり抜けて行きました。

「まったく、これじゃ二里も行かぬうちに日が暮れまさあね。」

薬売りがそう言いながら、また、追いついてきた時です。

「おやっ。」

薬売りは鋭い目を走らせて、たちどまりました。

二丁ほど先に、また役人のかたまりがいて、そこにとめられているのは、馬に乗った旅姿の武士と、そのおともらしい一行です。おともは、一つの黒いつづらを運んでいるようです。

「あんな連中は、ついぞこれまで街道で見かけなかったですね。おかしいな。」

薬売りは、考えこんでいましたが、ふと手を打って言いました。

「ははあ、あの連中、峠を越えて、間道伝いにきたんですね。道理で、おいらたちより前を歩いてるんだ。」

「間道があるんですか?」

「ええ。今はめったに人も通らなくなっていますがね。急ぎの飛脚なんかは利用している旧道ですよ。ひどいごろごろ道ですが、道のりは近くなるんです。」

薬売りは新次郎の問に、ぺらぺら答えますが、やはり目は、じっと、馬上の人にそそがれています。

——あいつは、たしか前田藩の金森甚兵衛だ。はてな。甚兵衛は持病の胃腸病をなおしに、播磨のほうの温泉へとうじに行ったということだったが。——

薬売りの目が、ますます、幕府の隠密らしい正体を見せて、光ってきました。

幕府は、諸国の藩へ隠密を忍びこませ、大名たちの動静や、その藩の重臣の行動は、全部調べあげて知っているのです。

──とんでもないところを歩いているものだ。しかし、あのつづらは怪しい。──

大名たちが、幕府にないしょで、武器を仕入れることは、よくあることでした。まして、鉄砲や火薬の類は、どこの大名でもほしがっているものです。ひそかに重臣を藩の外へだして、それを買い求めてこさせるなどは、よくある例でした。

──ふん、これは大物だ。──

薬売りに化けた隠密の目は、興奮をかくしきれず、ぎらぎら光ってきました。

木暮新次郎とゆりをみつけただけでも大手柄なのに、そのうえ、前田藩の秘密を手にいれたらしいというのは、たいへんな手柄になります。

功名心にあおられて、この男の胸はわくわくしてきました。なにげない顔つきで、新次郎と並び、足早に、人々のたまりへ近づいて行きました。

馬上から、金森甚兵衛は、かんしゃく持ちらしい声を張り上げています。

「何度言ったらわかるのだっ！　前田藩は、おそれおおくも、上さまよりかくべつのお心ざしがかかっている藩なのを知らないのか。このつづらが、そんなにあけたくば、あけてみろ。わがきみが来春、江戸城へお茶の会に、上さまへおみやげとして持参するため、手をつくして求めた天下の名器類。それを、そんな不浄なやりや刀でおどして、目にいれて、おそれおおいと思わぬのか。あとで、どのようなおとがめが公儀よりくだろうと、わしは知らんぞ。さ、見たくば見るがいい。さ、早くあけてみんか！」

甚兵衛のはげしいことばにのまれて、役人たちは、色を失ってしまいました。

「いや、これは失礼申しました。つい、役目に熱をいれすぎたため、あなたのような、れっきとした身分のあきらかなかたの荷物までも調べるようなことになったのです。前田藩の忠誠と、あなたの勇名とにかけて、このつづらは、そのままお通しいたします。」

「いや、今さら遠慮はいらん。あけて見るがいい。」

「いや、どうかそのまま、そのまま……。」

役人たちは、急に、あとのたたりがこわくなって、ひたいにあせをかいています。

「しからば、ごめん!」

甚兵衛は、馬上から、にやっと不敵な笑いを落すと、ぴしっと、馬にひとむちくれました。

その時です。

ぱっととび出した人影がいきなり、馬の胸もとにとびこんでいって、はっしと馬を押しとどめました。

「なに者だっ!」

馬上の甚兵衛も、まわりの役人も一ように色めきたちました。いつの間に背の荷物を投捨てたのか、それは、ついさっきまで富山の薬売りをよそおっていた目のするどい隠密のひとりでした。

「へへ……わっしは、しがない薬売りでございます。で、とても一生のうち、将軍さまのお目にふれるような天下の名器とやらは、拝ましていただくこともありますまい。どうせしがない渡世《とせい》、いつ旅で死ぬ身やら、あすも知れない身ですから、いっそ、そんな天下のお宝をおがんで目がつぶれても思いのこすことはございません。ちょっと、こう、そんな欲気がでてまいりました。殿さま、ひとつ拝ましておくんなさいまし。」

ぺらぺらっとまくしたてることばは、もうれっきとした江戸っ子べんです。ことばが終わるより早く、隠密は、ぱっとつづらに飛びついていました。

「うぬっ！　狼《ろう》ぜき者！」

金森甚兵衛が、いきなり馬上からむちを振り降し、やらすまいとしましたが、それより早く、またふたり、見物の中から飛出してきたものがいます。角兵衛獅子のきょうだいと見えたのは、いわずと知れた木暮新次郎とゆりでした。

ゆりは、時々夢幻斎をたずねてきた金森甚兵衛の顔を覚えていたのです

「あのおじさん、いい人よ、新次郎さん助けてあげて。」

「うむ、前田藩といったな。神の導きだ！」

新次郎とゆりは、うなずくより早く、薬売りのじゃまだてを、ぎゃくにじゃまするため飛び出していったのです。

隠密になるだけあって、その男はなかなかの腕者でした。甚兵衛のけらいも、かなり腕の立つものばかりですが、たちまち、男に押しまくられ、つづらのふたが、今まさにあげられようとしました。

その手もとへ、新次郎がとびこんでいきました。

「うぬっ！　とうとう正体をあらわしたな。木暮新次郎！　こうなればようしゃしないぞ。役人たち、なにをぐずぐずする。この角兵衛獅子の男の顔をよっくみよ。人相書がまわっているキリシタン逆徒、木暮新次郎とはこの男だ。ゆだんせず、召しとれ！」

役人たちはこの声に、わっとときの声にちかい叫びをあげてしまいました。もう、みんな、薬売りが隠密のひとりだと察しています。

男と新次郎が、かくしもったあいくちでわたりあ

っているまに、役人たちがつづらになだれうち、ふたを押あけました。

おどりでたのは菊姫です。

「姫！」

「おお！　菊姫さま！」

金森甚兵衛の悲痛な声と、新次郎の歓喜の声が同時におこりました。

「新次郎さま！」

菊姫は、むちゅうで新次郎のほうへかけよりました。

「よ、よくごぶじで！」

「姫こそ！」

ひとことに万感のおもいがこもっていて、菊姫はもう目の中に涙であふれてきました。

あの飛騨の山ちゅうで、別れ別れになってから、なんというおそろしい、苦しい日々の連続だったことでしょう。

十字架の上で火あぶりにされようとした最後の瞬間に、マリアのみ名をとなえても、新次郎のおもかげが空いっぱいにひろがった時の苦しさ——もうひと目あって死にたいとねがったのが、キリシタンとして許されぬ罪だったのでしょうか。

でも、いまこうして、新次郎さまとめぐりあっている——夢ならば、さめないでほしい。

けれど、なつかしい新次郎と、ことばをかわすひまもなく、たちまちふたりの間には、役人がおどりこんできました。

「菊姫さま！」

「ゆりちゃん！」

ゆりがかけよってきて、きっと菊姫をかばいました。菊姫もなみだをふりはらい、懐剣をひきぬきました。

「しっかり、あたいをはなれないで、もうはぐれないで。」

ゆりは目にもとまらぬ早わざで、おそいかかる敵をつきくずしながら、菊姫をはげまし続けました。

甚兵衛は十数人の役人に包囲され、大あばれにあばれています。

「う、うーむっ！」

だんまつまの叫びをあげて、つづらの上にたおれ伏したのは、薬売りの隠密でした。新次郎がついに倒したのです。

「木暮どの！　馬に！　姫を！」

いつのまにかけよったのか、役人どもを切り倒しながら、甚兵衛が新次郎のせなかにぴったり背をつけていました。

「マリアの鏡を一日も早く、わが殿にさしだされよ。わしは、ここで、こっぱ役人をできるだけくいとめておく。それから、ゆりどのに夢幻斎も山をくだっていて、やがて、おいつくだろうと伝えてくれ！」

「かたじけない！」

「馬は、二頭ある。それで逃げてくれ！」

「ご恩にきます。」

「行けっ！　早く！」

ことばといっしょに、甚兵衛は、わざと、役人たちの中へきりこんでいきました。

そのひまに、新次郎は、血路をひらいて菊姫とゆりのそばへかけよりました。

【脱走】

「ゆり、馬はだいじょうぶか？」

「熊にだって乗ったよ。」

こんな場合でも、ゆりは、のんきな答えをします。

木かげに二頭つないである馬のほうへ新次郎はふたりを逃げさせました。

やるまいと追いすがる役人たちをふせぎながら、新次郎も必死に馬に近づいていきました。

「新次郎さま！」

馬上から菊姫が叫んだ時、新次郎は、ぱっと、頭上の松の木に手をかけて馬にとび移りました。

菊姫のうしろからしっかりとたづなをとった新次郎のほおに、はじめて会心の微笑が浮かびました。

「もう、だいじょうぶだ！」

ぱっとかけ出したふたりの馬のあとから、ゆりの乗った馬が矢のようにかけぬけました。

「おそいよ、新次郎さん！」

ふりむいたゆりのえ顔にも、晴れ晴れとして光り輝いています。

「なんと、負けるものか！」

新次郎も笑いながら、馬を飛ばしてゆりを追いかけました。

みるみる、やいばの音や、さけび声が、うしろのほうに遠ざかっていきました。

いっぽう残された金森甚兵衛は、しだいしだいに数をましてくる新手の捕手《とりて》たちにかこまれ、さすがに疲れがでてきました。

いつの間にか全身に無数の傷を負い、もとどり（まげをたばねたところ）の結び目もほどけ、髪は肩まで乱れおちて、あしゅら（インドの鬼神）のような、すさまじい形相になっています。

「殺すな！　生けどれ！」

捕手たちは、今では金森甚兵衛を甚兵衛の名をかたるにせ者だと思いこんでいるのです。もちろん菊姫や木暮新次郎と一味のキリシタンだと思っています。

木の上にかくれた投げなわの名手のなわが、ひゅうっと風をきってのびました。

まるで、命のあるもののように、なわはみごとに甚兵衛の右手首めがけて飛んでいき、はっしとその手首にからみつきました。

「不覚っ！」

じりじりと、なわがひきしぼられ、甚兵衛のからだが引寄せられていきます。それでも甚兵衛は一分のすきもないので、うちこむわけにはいかないのです。

あとは甚兵衛の気力だけが、人をよせぬ力をつくしているのでした。

その時です。間道のかなたから、わあっ、とときの声があがりました。

「金森甚兵衛！　助太刀にまいったぞ。」

大音声をあげながら、馬で飛んできたのは怪僧恵庵でした。その横には、夢幻斎が、口を一文字に結んで、目をらんらんと光らせ、馬をならべています。ときの声は、その後につづく、数知れぬこじき部隊でした。

夢幻斎の手から、光るものがたてつづけに三つ四つ投げ出されました。みるまにあたりは、あの十字架の時と同じ白煙の幕に押しつつまれてしまいました。

【夕月よ】

もうもうと立ちこめる白煙の中に、叫び声や、刀の音、馬のいななきなどが、無気味にわきあがっています。

　こじき部隊は声もださず、いなづまのように、とびかい、目にもとまらぬすばやさで、捕手の軍をせめかえしました。

「甚兵衛どの！　だいじょうぶか。」

　夢幻斎が、一刀のもとに、甚兵衛の手首にからみついた綱をきっておとしました。

「かたじけない！」

　手傷をおった血だらけの甚兵衛を、じぶんの馬にひきずりあげると、夢幻斎は、ぱっとむちをあてました。

　みるみる白煙の幕の中からとびだしていくと、さっき、新次郎たちがかけさった街道をまっすぐ走りさっていきました。

「甚兵衛どの！　しっかりせられい！」

　一時間ばかり走ったあとで、夢幻斎は林の中に馬を休めました。

　小さな清らかな川が、林の中を流れています。夢幻斎は甚兵衛をおろすと、そこで傷口を洗い、印ろうの中から、ねり薬をとりだして、ぬりつけました。甚兵衛が、はだにまきつけていたさらしで、きりきり傷口をしばりあげ、一とおりの手当は、終りました。

「さあ、もう大じょうぶじゃ。」

「かたじけない、おかげで命びろいしました。あんなこっぱ役人に殺されては、金森甚兵衛死んでも死にきれぬところであった。」

　馬にゆられて、そうとうな出血をしたので、色は青ざめきっていますが、甚兵衛もしだいに元気をとりもどしました。

　その時、来た道とははんたいのほうから、馬のひずめの音が近づいて来ました。とぶような早さでその音はみるみる近よって来ます。

「しまった。この森さえぬければ、もう前田藩も同然なのに！」

甚兵衛は、もしこれが捕手だと、夢幻斎ひとりでも、一刻も早く逃げさせなければと、傷だらけのからだで、きっと、刀をひきよせました。

そのまにもひづめの音は近づき、やがて、林の中の道に、一頭の栗毛の馬があらわれました。

夢幻斎は甚兵衛をかばい、じっと、馬上の主に目をこらしました。

「ああっ、じいっ！」

馬上から、すきとおったさけび声があがりました。

「じいっ！　ゆりだよ！」

馬はもう目の前に近づき、馬上から、ひらりと、ゆりがとびおりました。


角兵衛獅子の姿のままのゆりです。

「おお、ゆり！　ぶじだったか！」

「じいっ！　あいたかった。」

ゆりは、夢幻斎の胸にとびついていくと、わっと、声をあげて泣きました。

「泣け、泣け、気のしづまるまで泣くがいい……。ゆりの元気な泣き声を聞くのも、久しいのぅ。」

夢幻斎老人の目にもきらりと、涙が光りました。

ゆりは山にいた時にくらべて、急にせたけものび、男のみなりをしていても、娘らしさがにおうような、美しい少女になっています。

火をともしたような、野性のひとみだけが、山のころと同じように、いきいきともえていました。

「ゆりはきれいになった。」

「じいは年をとっちゃった。」

ふたりは、顔をみあわせ、はじめて、えがおをむけあいました。

「夕月は?」

なによりもなつかしい鹿の夕月のことを、ゆりはききました。

「それがのう……夕月は……。」

「えっ、夕月はどうかしたの。」

夢幻斎の目が夕月の死を語っていました。

夕月は、ゆりを待ちつづけているうち、いのししとりのかりうどのそれ矢に当たってひ腹をつきぬかれてしまったのでした。

「すぐ、わしの小屋へくれば、手当てのしかたもあったろうに夕月は、おまえを送っていった小みちを、手きずのからだでおりていって、とちゅうでたおれていたのだ。」

「わたしに、わたしにあいたかったのよ。」

菊姫といっしょに山をおりる時、どこまでもどこまでも見送った夕月のやさしい目を思いだすと、ゆりは、たまらなくなって、みもだえして泣きました。

【最後の鏡】

夢幻斎と、金森甚兵衛と、ゆりの三人が、金沢へはいると、国境に、菊姫と木暮新次郎が出迎えていました。後には、かごをしたがえて、数十人の武士がいならんでいます。

「殿様からのお迎えでございます。手傷を負われた金森さまにおかごをくだされました。」

甚兵衛は涙を流して、かごの中へはいりました。

「夢幻斎さまがおつきになったら、正式に私ども一同、殿さまと対面の式があるそうです。でも、もう、菊姫と私はひそかに殿様にお目にかかりました。」

新次郎がりりしい顔に明かるい光をみせているのは、はるばる苦難の旅をして来た目的の一端が、前田利常侯《としつね》にあって、ききとどけられそうな希望を、みたせいなのでしょう。

その夜は、甚兵衛は久しぶりで自宅にかえり、四人の旅人は、城中の一間をあたえられゆっくり旅のつかれを休めました。

あくる日、利常侯と正式に対面式が、大広間で行われました。その朝、怪僧恵庵もかけつけ、甚兵衛も傷をおさえて登城しました。

城の大広間に、六人が居並んでいる所へ、利常侯があらわれました。

菊姫の神々しいような美しさはいうまでもない上に、ゆりが、はじめて身につけたうちかけ姿のあでやかさは、夢幻斎も目をみはったほどです。

「夢幻斎、よく来てくれたな、そのほうの焼いた茶わんを、どの名器よりも愛用しているぞ。」

利常は、夢幻斎が、キリシタン・アントニオの別名で、九州の山中でひそかに薬草の研究をつづけていたことを知っていたのでした。幕府に密告せず、金森甚兵衛を使者にして、年々夢幻斎の焼物を買いあげて、助けつづけたのには、もう一つの目的があったのでした。

「夢幻斎、死ぬまで山をおりぬと決めていたそのほうが、こうして余の城へ来てくれた上は、いよいよ、決心がついたと思ってよいかの。」

「ははっ、かねがね、ひそかに、研究をつづけてまいりました。薬草の知識をあつめて、夢幻斎のつくりだした、火薬の秘法、ことごとく殿にさしあげる決心がつきました。」

夢幻斎の火薬は、もう幕府でも感づき、隠密たちが、夢幻斎のかくれ家をさがしつづけているのです。天下は徳川の代になり、たい平がつづくとはいえ、まだ戦国時代の血なまぐささが、全国にのこっている時です。新しい武器を諸侯は必死に手にいれたがっていました。

「夢幻斎、安心するがよい。前田家は、先代《せんだい》兄の利長《としなが》も、父の利家《としいえ》も、キリシタンの教えにひかれながら、最後の勇気がたりず、キリシタンになることはできなかった。この利常も、同様なのだ。それだけに、命をすてて、神の栄光を求めるキリシタンの心のとうとさには心から感心している。できるかぎりの助けをしたいと思っている。そのほうの火薬も、ちかってキリシタン迫害の道具にはしない。むしろ、天下の平和をたもつため、正義の戦の用意にだけとっておくぞ。」

「それをうかがい夢幻斎、はじめて心晴れました。」

夢幻斎は、はらはらと涙をこぼしました。

「木暮新次郎、さあ、マリアの鏡を出してみよ。高山右近どのは、この地に長くいられて前田家にはふかい縁のあったかただ。右近どのの父上ののこされたというマリアの鏡をさがしていたのは、その中にかくされた財宝ほしさではない。その鏡のゆくえから、もしや右近どのの、遺族のゆくさきがわかる手がかりはないかと思っているのじゃ。」

新次郎は、ふところから、二つの鏡をとりだしました。

ばら色の象牙のマリアと幼いイエスのお姿が、きょうの晴れやかなこの瞬間を待っていたように、にこやかにほおえんでみえます。

「うーむ、たしかにこれはマリアの鏡。」

利常はかたわらの腰元のさしだす、美しい手文庫から、ふくさにつつんだものをとりだしました。はらりと、紫のふくさをとくと、中からあらわれたのは、まぎれもない、もう一つのマリアの鏡です。

「おおっ！」

一同の口から、同じようなさけび声がもれました。

利常の前に今や三つのマリアの鏡が並んでいます。高山ダリオが、この中に秘めた三枚の地図をつなぎあわせたなら、彼が後のキリシタンのためにかくしておいた財宝のありかがわかるのです。

利常が、ぱちっ、ぱちっと、ふたつの鏡をおし開き、鏡の裏から、くすんだまゆ色の地図を二枚とりだしました。

その二つの鏡こそ、菊姫が幼い時から持っていたものと、金華城で、老城主から、死のまぎわに菊姫に渡されたものでした。

利常は、自分が持っていた最後の鏡をぱちっとあけました。前のふたのときと同じように鏡の裏をおしあけてみせました。

「ああっ！」

みつめていた人々の口から今度もまた同時に、叫び声がもれました。声をあげなかったのは利常と、夢幻斎のふたりだけです。

利常の声が、この時、これまでとは違うきびしさで、ひびきわたりました。

「夢幻斎！　聞こう、このマリアの鏡は、ころびばてれん（江戸時代幕府の迫害のため仏教に改宗したキリスト教信者）が、命ごいのため、余にさしだしたものだ。この鏡をもっていれば、必ず、財宝がはいる。その秘密は、アントニオ夢幻斎だけが知っていると余につげたぞ。」

目をとじていた夢幻斎が、静かに顔をあげました。

「なにをかくしましょう。その鏡の中の地図はこの夢幻斎がぬきとりました。」

「なんと！」

「高山右近さまが、マニラへ流された後、右近さまのご子孫は、日本にはひとりもいないということになっていますが、実はただひとりの孫姫がのこされたのです。右近さまはマニラへ五人の孫をおつれになりましたが、まだ二歳の百合姫《ゆりひめ》だけを、私にあづけられたのです。なにをかくしましょう。ここにいるゆりこそまぎれもない百合姫さまにちがいありません。」

「ええっ！」

だれよりもおどろいて、顔をあげたのはゆりでした。

「百合姫さまのおん身を守るため、私の孫といつわって、これまで、ご本人にさえしらせず、お育てしてきました。

不幸なことに、私もまた捕えられ、マニラへ追放されることになりました時、百合姫をバテレンにあずけたのです。その男が、幕府のごうもんにたえかね、神をうらぎりころびばてれんになりました。百合姫は信者のひとりにすくいだされ、かくまわれていましたが、マリアの鏡は、ころびばてれんがうばいました。そういう日もあるかと、私は、マリアの鏡の中からひそかに地図をぬきだしておいたのです。」

「そ、その地図は？」

利常が、思わず身をのりだしました。

「その地図は最も安全な方法でかくしてあります。」

「どこに？」

「ここです。」

「ええっ！」

一同は、きょとんと大広間を見まわした。

「はっはっはっ、ここにはあっても目には見えません、ごめん！」

夢幻斎は、突然となりにすわっていたゆり、いや百合姫の左腕をつかみ、はらりと着物のそでをまくりあげました。ふっくらした白い少女の腕が、人々の目にさらされました。

夢幻斎は、印《いん》ろうから、なにか黄色い液をとりだすと、それを白綿《しろわた》にしみこませ、きゅっきゅっと、力をこめて百合姫の手をこすりあげていきます。うす紅に血の色をみせてきた上はく部にはみるまに、ふくざつな曲線がはしり、やがて、ふしぎな一枚の地図を描きあげたではありませんか！

「おお、これは……。」

「私の苦肉の策で、いたいけない姫君を、薬で眠らせ、その間に、いれずみで地図をうつしとっておきました。私の秘法の薬草で、ある液でふきあげないと、色をあらわさない方法にしてあったのです。」

「うーむ。」利常はじめ一同は声もありません。

二枚の地図を百合姫の腕の地図にあわすと、ぴったりと一枚の完全な地図ができあがりました。

「金華城の奥方は、右近さまのお娘《むすめ》でしたから、マリアの鏡をふたつつたえられていたのです。」

「では私と、百合ちゃんは、いとこどうしなのですね。」

菊姫は、顔をかがやかせ、百合姫のほうに手をのばしました。

「おねえさま！」

「百合ちゃん！」

ふしぎな血のめぐりあわせに、百合姫も菊姫も、胸がいっぱいになり、ただ涙を流すばかりでした。

【かどでの空】

空は、日本海の色よりも青々と晴れわたっていました。加賀百万石、金沢の町は、日本海にむかって、指おりの港をもっています。

今、その港から、新造の木の香も新しい船が、ともづなをきろうとしていました。

勢いのいい船歌がひびいて、荷上げがつづけられています。

船のへさきに、五人の人かげがすっくと立っています。

夢幻斎と怪僧恵庵、木暮新次郎と、菊姫に百合姫、どの顔も、晴々と、きょうの日本海のように明かるく見えます。

マリアの鏡は、前田家におさめ、利常は、ひそかに、菊姫に、津軽のキリシタンが必要とするだけの金を与えたのでした。

この金さえ、持ちかえれば、恐ろしい幕府の迫害がやってくる直前、津軽に流されているキリシタンを、国外に逃すことができるのです。この船も表《おもて》むきは、新潟行きのあきない船となっていますが、実はそのまま、津軽まで、日本海づたいにつっ走りやがてキリシタン一同を国外にはこぶための船なのでした。

金華城の悪事は、利常から、やがて幕府へことごとく報告され、とりつぶしになることでしょう。

恵庵も、夢幻斎も、今は、日本になんのみれんもありません。

やがて、この船に翩翻《へんぽん》と十字架を描いた旗がひるがえり、この船に賛美歌がみちあふれ、神の教えのひろめられた異国の地をさして、神の子たちが船出することでしょう。

菊姫の目にも新次郎の目にも、津軽の港に自分たちを迎えてくれるなつかしい人々の姿が見えるようです。

「あっ、殿が！」夢幻斎がひくくいいました。

白たえにつづく松林の中に、警固の武士にまもられた黒ぬりのかごがとまり、中からおしのびの利常侯があらわれました。

船の上から、一同はむちゅうで手をあげました。ともづながとかれました。しづかに岸をとおざかる船の上からみると、松林に、利常のふる白おうぎが、白いちょうのようにあざやかにうつりました。

二代の手紙

この作品は、「仲よしお手紙」（P.57〜P.67）に登場する
ドリちゃんとマコちゃんの、その後の物語です。

美登利《みどり》から麻美子《まみこ》への手紙

なつかしい、なつかしい麻美子様

そう書いただけで、私の目は涙でいっぱいになりました。

一昨日、思いがけない美千子《みちこ》ちゃんからの厚いお手紙をいただいてから、私はずっと泣いています。あの小っちゃな可愛らしい美千子ちゃんが、こんな立派な墨字のお手紙を書く大人になったなんて。そういえばうちのあのわんぱく坊主の孝太《こうた》も、いつの間にか双子の姉妹のパパになってニューヨークで暮しています。お嫁さんは、あちら生れのメアリという二世さんで、英語の方が日本語より上手です。孫たちも日本語はあまり話せません。そうそう、美千子ちゃんが小さい時、孝太と実の兄妹のように仲よしで、「あたち、大きくなったら、孝ちゃんのオヨメちゃんになるのよ。」って口ぐせに言って、私たちを笑わせてくれましたね。でも私たち一家は孝太が小学校三年生の時、夫の転任でカナダに行ってしまい、その後、アメリカに移り、故国の日本をすっかり離れてしまったのでした。

私たち昔々の親友の仲はこうして次第に遠くなってしまいました。

麻美子様、いいえ、マコちゃん。なつかしいマコちゃん。美千子ちゃんのお手紙といっしょに、昔の私たちの手紙もどっさり届いたのです。さあ、一緒に読みましょう。

美千子から美登利への手紙

この間、母の遺品整理を、ようやくしかけましたら、こんなものが大切そうに赤い手箱の中から出てきました。母と美登利おばさまが、私よりもっと小さい、元気な小学五年生だった頃のお手紙。夏休みにもお手紙を書きあうほど二人は大の仲よしだったのですね。書かれている当時の小学生の夏休みがよくわかって、思わず笑ってしまいました。

母、麻美子を「マコちゃん」、美登利おばさまを「ドリちゃん」と呼びあったりして、何て可愛いんでしょう。二人ともお茶目でいたずらで、楽しい少女だったのですね。

ドリおばさまがアメリカの孝太さんの家に移って、母は、表面ほがらかそうにしていましたものの、心の底はどんなに淋しかったのでしょうか。こんなにお手紙がいたむほど、おばさまとの手紙をくり返しくり返し読んでいたのですもの。

小柄だけどあんなに丈夫でぴんしゃんして、歩くのも、しっかりしていたおばさまは、夏休み、双子の孫ちゃんを連れて水族館に行ったその帰りに、暴走車にはねられて腰を強く打ち、病院へ入られました。そして一年も入院して、車椅子に乗って退院されました。

退院の見込みもついていない頃、私がお見舞した時、おばさまは、私を誰ともわからず、うわ言のように、

「京都へ帰りたい……」

と口ずさんだのを、私は聞きとりました。生れて育った日本と京都を、美登利おばさまはほんとにお好きだったのですね。

京都にはあんなに仲の良かった私の母もいたのに――家族の前で、苦情は一切口にせず、陽気そうにアメリカで暮していたおばさまの内心は、ほんとは淋しかったのですね。

京都にいたら、どんなせまい通りでも、車にはねられることなど決してなかっただろうと思います。

ごめんなさい。美登利おばさまに甘えて、つい、ぐちを言ってしまいました。

どうか昔の母とのお手紙を読んでやって下さい。母もきっと喜んでくれることでしょう。

仕立てた新しい竺仙《ちくせん》の浴衣が、母の箪笥の底から見つかりました。

新しいたとうにきちんと畳《たた》んであり、「美登利さまへ」と書いてありました。美登利おばさまへの形見のつもりの浴衣だと思います。

「のりはしてないから大丈夫」

と書いてある紙も、母の字です。小学生の時、おばさまが洗濯して糊をつけすぎた、かたい浴衣のことを思いだしたのでしょう。

今では洗濯機のない家など日本にはないことを思えば、たらいの洗濯で、手がすりむけたなんて、夢のような話ですわね。黄色の浴衣帯は、私からのささやかなプレゼントです。

それから、これは私の報告です。今度やっと、弁護士の試験に通りました。五年もかかり、親族じゅうから、もうあきらめろと言われたり、笑われたりしていました。嫁のもらい手がないぞと叱られました。でも、母はずっと、女も自分の仕事を持たなければこれからの世界はだめだと、口ぐせに言っていました。

「お母さんは、専業主婦はいやだったんでしょ。ほんとは何になりたかったの？」

と聞きましたら、照れた恥しそうな顔をして、

「ないしょ、よ。弁護士になりたかったの」

と言って、けらけら笑いました。弁護士になって女の幸福を守るのだと言ったのです。私は何ひとつ母に孝行していませんので、せめて母の夢をひとつだけ、かなえたかったのです。

美登利おばさまなら、母の代りに手をうって喜んでくださることでしょう。

今は男女同権と言われていますけれど、まだまだ世の中はそうではありません。女性であるために男性にはない苦労をしている人たちも

いっぱいいます。また、教育は男女同じように受けていられるといっても、女の政治家を見ると、同性であることが恥しいような人もまだまだいます。男女同権を言うなら、知識も思考も男に劣らないものを女性も身につけないと恥しいと思います。小さな時の私は孝太さんのオヨメさんになると決めていたそうですね。孝太さんが二世のメアリさんと結婚したから失恋して、独身でいるわけでもありません。結婚も恋愛も、縁が結んでくれるのでしょう。あせることもないと思っています。勉強したため、結婚のチャンスに恵まれなかったことを、母も全く気にしていませんでした。

「生きるということは、自分の中に持って生れた才能の種を育てて、大輪の花を咲かせることよ」

機嫌のいい時、好きなビールをグイとのみながら、母は言ったものです。

今朝、大工さんからの報告がありました。父が買っておいてくれた嵯峨野《さがの》の旧《ふる》い家を、ずっと人に貸していたのですが、この度、そこに住んでいた年寄が極楽へ引越したので、返してくれました。様子を見て貰った大工さんの話では、少し手を入れるだけで住めると申します。庭いじりのすきな老人で、広い庭も手入れがゆきとどき、父の植えた木々がみんな育って、ちょっとした森のようだそうです。車椅子の通り易い道をつければすぐ住めるそうです。今は桔梗の花ざかりだそうです。

嵯峨野でどうかゆっくりお休みください。私と一緒に。竹林に囲まれているので、地震に強いし、竹の子が美味しいですよ。畠も作れます。もし私が結婚しても、そこに住む男を選びます。

亡くなった父と母も、喜んでくれることでしょう。美登利おばさま、父母の分もしっかり生きてください。

ああ、そうだ。母との昔の手紙によく出てきたハンモックも買いましょうね。車椅子からハンモックにおばさまを移す力強い男の腕がやはりいりますね。本気でそんな力持ちの男を結婚相手に探しましょう。

ああ、楽しくなってきた。美登利おばさま、お迎えにゆくのを待ってて下さい。

愉しいおばさまと美千子のこれからの歳月のために！　乾杯!!

美千子より

少女小説とわたし

少女小説を読みはじめたのは、小学校二年生の頃だった。二人姉妹の姉が五歳年長だったので、私は小学校に上る前から姉の読む少女雑誌や小説本を読みあさっていた。幼年時の私は滲出性体質で、年中、体が痒く、ふき出ものに悩まされていた。頭や顔まで出るふき出ものをひっかかないため、薬をつけられ、ほうたいに包まれていたので、友だちが遊んでくれなかった。そのため姉の本を早くから読み、一人遊びをするようになった。読んで面白いのは少女小説だった。当時の少女雑誌では吉屋信子や佐藤紅緑（佐藤愛子さんのお父さま）の少女小説が人気を呼んでいた。今、九十五歳の私が、吉屋信子の「花物語」や佐藤紅緑の「夾竹桃の花咲けば」などを覚えているのも不思議なことだ。小学校三年生の頃、私は大人になったら、少女小説を書く作家になろうと心の底に決めていた。外国の翻訳小説の名作を岩波文庫で読むようになっても、日本の少女小説を愛読しつづけていた。

女学校の頃、川端康成の「乙女の港」が少女雑誌『少女の友』に連載され、少女たちが夢中になって愛読した。女学生のエス物語だが、さし絵が昭和の夢二と呼ばれた中原淳一だったのと相まって人気を高めていた。後になって、その作品は中里恒子の作だと定評されている。当時、若い中里恒子は川端康成に師事していたので、川端が中里に草稿を書かせ、それを校閲、加筆、手直ししたものと現在では認められている。

この他に中里は少女小説を書いていない。

川端康成の大人向けの小説にも、ロマンチックな純愛や、夢のような筋書のものもあり、少女小説も愉しんで書いていたことが想像される。代表作の一つである「伊豆の踊子」も一高生が旅廻りの踊り子に惹かれる話で、少女小説めいたロマンスである。

私は大人になって小説を書くようになり、吉屋信子とも川端康成とも親しくさせていただいたが、お二人とも心のあたたかな、清らかな少女小説の中の人物のような点が同じであった。

私が少女小説をはじめて書きはじめたのは、優しい夫と幼い可愛い娘のいるおだやかな家庭を飛びだし、京都で放浪している時であった。食べるためにしがみついていた小さな出版社がつぶれ、京大の附属病院の研究室に就職して、毎日試験管を洗ったり、ラッテの世話をしていた時、突然、図書室に移るように命令が出た。広い図書室には莫大な図書があったが、すべて医学書で、しかもドイツ語の本が多く、本を借りにくる人も殆んどなく、私は一日中手持無沙汰であった。

そこで私は、閑つぶしに少女小説を書き、本屋の立ち読みで目についた『少女世界』という雑誌を出版している会社に送りこんでみた。また画家の中原淳一が社長の「ひまわり社」が懸賞小説を募集しているのを本屋の立ち読みで発見し、そこにも送りこんでみた。

その頃、私は閑にまかせて、思いつきで三島由紀夫にファンレターを送ったりした。どうせ読まれもしないだろうと、のんきな手紙を出したところ、思いがけなく、三島由紀夫自筆の返事が返ってきた。大きな字で爽やかな筆勢の三島由紀夫というペン字を見て、私は舞い上ってしまった。中には、

「私はファンレターには一切返事を書かない主義にしているが、あなたの手紙は、あまりに面白かったので、つい返事を書いてしまった」

とあった。それから文通がはじまった。私は身の廻りの出来事しか書くことがなかったが、三島由紀夫は、なぜかそれを毎度面白がってくれた。

そのうち、私の少女小説が採用され、はじめて『少女世界』という雑誌に載ることになった。原稿は本名で送ったが、雑誌に載る時はペンネームにしたいので、次に書いた五つの名の中から一つだけ選んで、その名の上に○をつけて下さいという手紙を三島由紀夫に出した。すぐ三島が太いペン字で○をつけた私の手紙の一枚を送り返してくれた。○の下は三谷晴美だった。「この名前こそ、文運、金運を呼ぶいい名だ」と書いてくれていた。これは私の生れた時の戸籍名で、小学校の六年はこの姓名で通した。父が親戚の瀬戸内姓を継ぐことになったので、私は女学校に上った時から瀬戸内晴美になった。もちろん、三島さんはそんなことは一切

知らないで○をつけてくれたのだった。それで私のはじめての少女小説「青い花」は作者三谷晴美で活字になった。

その報告のお礼の手紙の返事に、

「そういう時は名付親に、お礼の品を贈るのが礼儀ですよ」

とあった。私は散々考えた末、何かで読んだ彼の好物というピースの缶入を五箱贈った。早速、三島由紀夫からお礼状が来た。

「何よりの好物ありがとう。でも、これは世間にはナイショに願います」

と、いつもの堂々とした字のはがきだった。

それから半年ほど後、私は京都を引き上げ上京して、作家修行の道に入った。三島宅にも呼ばれ、以後、亡くなるまで淡々としたつきあいが続いた。

上京して以来、私は『少女世界』と小学館で原稿を買ってもらい、生活費を得ていた。

大人の小説をはじめて送った時、三島さんは、

「あなたの手紙はあんなにも面白いのに、小説は何と平凡でつまらないのだろう」

と、例の大きな爽やかな字の手紙をくれた。

京都に来た小学館の重役の浅野次郎さんが、私を呼びだし、

「本気で小説を書くつもりなら、京都のようなのんびりした所にいては一人前になれない。すぐ上京して、苦労するように。あなたには才能を認めるから、上京をすすめるのです」

と強い口調で言われた。初対面の浅野さんの口調に背中を押され、私はたちまち、何のあてもなく上京した。

女学校時代の友人の嫁いでいた三鷹に行き、彼女の新婚の家に四、五日置いてもらい、すぐ三鷹下連雀の荒物屋の離れを見つけて、その下田《しもだ》家に引越した。

どこの家庭でも必要な雑貨や、子供用の駄菓子が店一杯に並び、その片隅で往来に面して煙草の旗を出している店だった。家長のシュンさんは車の運転手をしていた夫に先だたれ、長男一家と、未婚の末娘のサッちゃんとで住んでいた。私の離れは床の間つきの六畳だが、坊主畳のせいか、八畳くらいに広々と見えた。

吉祥寺の古道具屋で大きな机を買って運んでもらった。もとは高机だったのを脚を切ったというものだが、外国人が使っていたのか、ばかでかくて、がっちりしているのが頼もしい。

部屋の真中に机を据えると、急に気持が落ついてくる。店から木の空箱を四つほどもらい、つみかさねて本箱にする。窓のカーテンだけは新しく買ってつけ更えると、自分の部屋らしくなった。

この部屋から、毎日電車で水道橋までゆき小学館へ通うようになった。幼稚園児から女学生向きまで学年制の雑誌を出している小学館は、現在のような近代的ビルの建物ではなく、木造の、田舎の小学校のような構えであった。広い編集室に、学年別に編集者が机を並べている。私はその机を、

「仕事ありませんか、あったら下さい」

と御用聞きのように一つづつ廻った。そのうち、私が便利で筆の速い筆者だとわかってきて、仕事が手に余るほど集った。すべて三谷晴美のペンネームで、それらをこなした。こういう雑誌は、先に絵があって、文字はそのすき間を埋めるものが多かった。私は正確にその空間を埋める技術を持つようになり、重宝がられた。

私の小説を小学館より先に認めてくれた『少女世界』は、社名も少女世界社※であった。靖国神社に近いはるかに富士の見える富士見町という所にある小さな社で、社長は講談社出身の人で、社員は数人だった。社長の木村さんは青森生れの人で、温和な雰囲気のおしゃれな人だったが、独立して会社をつくるほどの気概のある人だった。社員もよくなつき、いつ行ってもみんなで優しく迎えてくれた。

木村さんは、ある日、私に真面目な口調で言った。

＊ 雑誌『少女世界』は、「青い花」掲載時には富国出版社から発行されていたが、のちに少女世界社に移った。

「文学で身を立てるのは並大抵じゃない。あなたは女子大も出て、中学の先生の資格も持っているのだから、中学校の先生になって、傍ら小説の修業をしていけばどうだろう」

と忠告してくれた。尤もだと思い、私はその言に従うことにした。先ず、東京の中学の先生になる資格試験を受けねばならない。

試験場に行くと、予想をはるかに超えた受験生が集っている。その列にもぐりこんだものの、試験なんて女子大以来受けたことがないので、全く見当もつかない。長蛇の列の中で、長い時間待たされる間、私は自分の前後の学生風の男の人が熱心に見ている試験問題集を覗きこみ、そこに出ている答案を盗み読みした。何という運の強さか、試験問題の中に二つとも私の盗み見した問題が並んでいた。

おかげで私はこの試験に難なく通った。木村さんは喜んで早速私の勤め先を探してきてくれた。東京でも有名な格式のある中学校だった。

その日から三日間、私は迷い、考え尽した。私は勝手でわがまま、いい加減な人間に見られるが、本質は、まじめでかたくなで、筋を通したがる。申し分のない立派な中学の先生になったら、私は生徒を愛し、いい先生になるため全力を尽すようになるであろう。そうすれば小説修行はおろそかにならざるを得ない。それは困る。何が何でも、私は小説家にならないと、捨てきた子供に申しわけがない。恥をかかした子供の父にも顔向けできない。思い悩んだ末、私は木村さんに、中学の先生にはならないと断りを言った。木村さんはさすがに顔色を変えたが、

「そこまで決意がかたいなら……止めることができない」

とあきらめてくれた。

それから程なく「少女世界社」は破産して会社は倒れてしまった。そのことがわかっていたからこそ、木村さんは私の前途の立ちゆくよう骨を折ってくれたのであろう。

「青い花」は、私のはじめての少女小説だが、『少女世界』と木村さんという恩人なくしては生れなかった小説であった。

こののち、講談社でも、少女小説を書かせてくれるようになり、一枚三千円の原稿料で、私はサラリーマン程の生活費を稼ぎながら、究極の目的の大人の小説を書くべき努力を、ひそかにつづけていた。

作品のうち、編集部で確認できたものを、それぞれ発表年月順に掲載しています。

挿絵	原作etc.	備考
相沢光朗		
木下よしひさ		
村田閑	堤中納言物語	●瀬戸内晴美
山本眞津子		
深尾徹哉		●瀬戸内晴美（牧三郎探偵／懸賞付） P.23
勝山ひろし	グリム	
松本かつぢ	吉屋信子	
大槻さだを		●瀬戸内はるみ
伊藤彦造		付録「緑陰讀物傑作集」
深尾徹哉		●瀬戸内晴美（牧三郎探偵／懸賞付）
勝山ひろし	サン・ピエール	
（写）久米茂		
新井五郎		
谷俊彦	キャサリン・マンスフィールド	
勝山ひろし	シェークスピア	
大日方明	オー・ヘンリー	
武田将美		●瀬戸内晴美
勝山ひろし	アンデルセン	
渡辺郁子		P.29
相沢光朗		
長谷川露二		
勝山ひろし		
鈴木寿雄		
大石哲路		
谷俊彦		
遠藤てるよ		
鈴木寿雄	住吉物語	
三上信次	アンデルセン	
糸賀君子		
沢田重隆	ストウ夫人	
大石哲路		
井上たけし		付録「新学期おたのしみブック」
糸賀君子		
松田文雄	（フランス）	
大石哲路		

特に記載のない作品は、「三谷晴美」名義で書かれています。
原作の表記については、初出誌面の通りとしました。

瀬戸内寂聴 少女小説作品リスト　小学館の学習雑誌と「少女世界」に掲載された

掲載年度	雑誌	月号		タイトル
昭和26(1951)年	女学生の友	5月号	少女小説	わすれな草
昭和27(1952)年	小学六年生	1月号	少女小説	白い手袋
	女学生の友	4月号	喜劇	虫めずる姫君
	小学六年生	5月号	少女小説	こまどりさん
	小学六年生	6月号	推理絵物語	おちゃめ三人組事件
	女学生の友	6月号	絵物語	眠り姫
	女学生の友	7月号		はまなでしこ
	女学生の友	8月号	時代絵物語	白菊物語
	女学生の友	8月号		山椒大夫
	小学六年生	8月号	探偵絵物語	宝石の行方
	小学六年生	8月号	世界名作絵物語	海辺の友情
	女学生の友	9月号	訪問記	ふたたび父の手にいだかれて
	女学生の友	10月号	日本名作絵物語	かぐや姫
	小学四年生	11月号		人形の家
	小学六年生	11月号	名作絵物語	リヤ王
	女学生の友	11月号		一枚のつたの葉
	小学五年生	12月号		友情は美し
	小学六年生	12月号	名作絵物語	マッチ売りの少女
	女学生の友	12月号	少女小説	別れによせて
昭和28(1953)年	小学三年生	1月号	童話	ピーターのはつゆめ
	小学五年生	1月号		ドーナツの山
	小学六年生	1月号		紅つばき
	女学生の友	1月号	伝記物語	良寛さま
	小学三年生	2月号		ふしぎなてじなつかい
	小学四年生	2月号		金のりんご
	小学六年生	2月号		幸福の庭
	女学生の友	2月号	古典物語	かたみの琴づめ
	小学三年生	3月号		はだかのおうさま
	小学六年生	3月号	少女絵物語	ひなどりの夢
	女学生の友	3月号	世界名作	アンクルトム物語
	小学三年生	4月号		きんのうめぼし
	小学五年生	4月号		目の中の小人
	小学六年生	4月号	少女絵物語	春風とともに
	女学生の友	4月号	世界名作めぐり	大足のベルト姫
	小学三年生	5月号		そらとぶうま

	挿絵	原作etc.	備考
	町田梅子		
	蕗谷虹児	バーネット	
	大石哲路		
	谷俊彦		
	沢田重隆	古伝説とシルレの詩から	
	森やすじ	ジョルジョ・サンド	
	大石哲路		
	谷俊彦		
	渡辺郁子		
	大石哲路		
	谷俊彦	チャールズ・キングスレイ	
	町田梅子		
	鈴木としお		
	山本まつ子		
	林義雄	(ペルー)	
	中山正美	ハウフ	
	谷俊彦		
	大石哲路		
	くろさきよしすけ		
	勝山ひろし		
	石田英助	徒然草	
	谷俊彦	アグネス・サッペル「愛の一家」	
	伊藤幾久造		
	松田みのる		
	武田将美		～昭和29(1954)年3月号　連載3回
	吉崎正巳		P.43
	新井五郎		
	谷俊彦		
	蕗谷虹児		
	新井五郎		
	谷俊彦	メアリー・ラム	
	中山正美		
	石井達治	ファーブル	
	勝山ひろし		～昭和30(1955)年3月号　連載12回
	沢田重隆	シェークスピア	
	大石哲路		

掲載年度	雑誌	月号		タイトル
昭和28(1953)年	小学六年生	5月号		小鳥のふるさと
	女学生の友	5月号		秘密の花園
	小学三年生	6月号		ふしぎなおはち
	小学四年生	6月号	世界名作ものがたり	舟の子たち
	小学六年生	6月号	名作絵物語	メロスの約束
	女学生の友	6月号	世界名作絵物語	バラ色の雲
	小学三年生	7月号		ながはなおしょうさま
	小学四年生	7月号	名作絵物語	ユウリとアベイユ
	小学六年生	7月号	少女絵物語	貝がら
	小学三年生	8月号		たからくらべ
	小学四年生	8月号	名作物語	カンカン虫のトム
	小学六年生	8月号		氷河の花
	小学三年生	9月号		チンさんのはと
	小学五年生	9月号	少女ユーモア	ドーナツちゃんのたん生日
	女学生の友	9月号	世界伝説めぐり	塔の中のお姫さま
	小学三年生	10月号		おうさまとこうのとり
	小学四年生	10月号	名作物語	りんご園のお月さま
	小学三年生	11月号		きくのこども
	小学五年生	11月号	ユーモア物語	ワンニヤメー物語
	小学六年生	11月号	少女絵物語	コスモス
	小学三年生	12月号		はなかけおしょうさん
	小学四年生	12月号		まいごのクリスマス・ツリー
	小学六年生	12月号	痛快海洋物語	万次郎の漂流
昭和29(1954)年	小学四年生	1月号		美しいおくりもの
	小学五年生	1月号		仲よし探てい団 第一回
	小学六年生	1月号	文芸童話	青い石
	小学三年生	2月号		しあわせなきこり
	小学四年生	2月号	世界名作	子じか物語
	女学生の友	2月号	絵物語	夢見童子
	小学三年生	3月号		わすれんぼやど
	小学四年生	3月号		屋根うらの少女たち
	小学六年生	3月号	少女絵物語	別れは美しく
	小学三年生	4月号		あひるかいのアンリー
	小学四年生	4月号	れんさい少女小説	にじのかなたに 第一回
	女学生の友	4月号	名作絵物語	ヴェニスの商人
	小学三年生	5月号		げらげらわらび

挿絵	原作etc.	備考
鈴木としお		
松本かつぢ	ローエングリン	
鈴木寿雄		
渡辺郁子		
黒崎義介		P.57
中山正美		付録「ごんちゃんブック」
勝山ひろし	ギリシャ神話	
のざわかずお		付録「にこにこまんがブック」
林唯一	ノンフィクション	
藤形一男		
石井達治	ノンフィクション	
日向房子	ノンフィクション	
谷俊彦	ギリシャ神話	
菅大作		
（写真）	ノンフィクション	
遠藤てるよ		
菅大作		
中山正美		
渡辺郁子		P.69
大石テツロ		
黒崎義介		
深尾徹哉		
渡辺郁子		
小林和郎		
渡辺郁子		
中西義男		
遠藤てるよ		
小林和郎		
遠藤てるよ		
(写)林克典		～昭和30(1955)年12月号　連載4回
小林和郎		
佐藤漾子		
遠藤てるよ		
遠藤てるよ		
鍛治貫一		
三上信次		

掲載年度	雑誌	月号		タイトル
昭和29(1954)年	小学三年生	6月号		チイナンさんのごちそう
	女学生の友	6月号	絵物語	とわのわかれ
	小学三年生	7月号	童話	おにのたからもの
	小学六年生	7月号	少女絵物語	雨の日もたのし
	小学五年生	8月号		仲よしお手紙
	小学五年生	8月号		マコチン大てがら
	女学生の友	8月号	名作絵物語	ペルセウスとアンドロメダ
	小学三年生	9月号		とんちとんきちちゃん
	小学五年生	10月号	事実感激美談	光をまねくつえ
	小学六年生	10月号	少女絵物語	愛の花ぞの
	女学生の友	10月号	感激実話	愛の灯火よ やみに輝け
	小学五年生	11月号		天国へおくる手紙
	女学生の友	11月号	少女絵物語	象牙の少女
	小学三年生	12月号	とんちむかしばなし	とのさまのかり
	小学五年生	12月号		僕らの手で学校を
	小学六年生	12月号	少女絵物語	雪よりも清らかに
昭和30(1955)年	小学三年生	2月号		ねずみくらべ
	小学五年生	2月号	事実感激物語	かたみの万年筆
	小学六年生	2月号	少女絵物語	希望のつばさ
	小学三年生	3月号	絵物語	かくれみの
	女学生の友	3月号	日本名作絵物語	消えた姫君
	小学四年生	4月号	外国少女絵物語	まほうのルビー
	小学六年生	4月号		康子ちゃんの黒ん坊人形
	小学三年生	6月号	とんちばなし	とんきちのおつかい
	小学六年生	6月号	絵物語	友情の花時計
	小学四年生	7月号		てんぐの面
	小学六年生	7月号		七色の祈り
	小学三年生	8月号		とんちとん吉とんちばなし
	小学六年生	8月号		さくら貝
	小学三年生	9月号	しゃしんよみもの	青い花赤い花 第一回
	小学四年生	11月号	童話	とんちきょうだい
	女学生の友	12月号	少女小説	ガラスのベル
昭和31(1956)年	小学六年生	1月号	純情絵物語	心美しければ
	小学六年生	2月号	純情絵物語	雪人形の心
	小学三年生	3月号	ユーモア読物	うれしいおくり物
	小学三年生	4月号	中国名作	花びらのゆめ

	挿絵	原作etc.	備考
	渡辺郁子		
	足立礼二郎	五日物語	
	森やすじ	徒然草	
	大森陽子		
	斎藤年弘		
	大石哲路		
	日向房子		
	中山正美		
	新井五郎		
	玉井徳太郎		～「中学生の友 一年」昭和32(1957)年8月号　連載12回
	大石哲路		
	伊勢良夫	ノンフィクション	
	白井哲		
	大石哲路		
	玉井徳太郎		～「女学生の友」昭和33(1958)年5月号　連載14回 P.81
	武井武雄		
	岩田浩昌		
	松野一夫	赤十字を始めたアンリ・ジュナンの話	
	遠藤てるよ		
	新井五郎		
	米内穂豊	日蓮宗を始めた日蓮の少年時代	

	挿絵	原作etc.	連載最終号（備考）
	三枝順		P.5
	糸賀君子		
	遠藤てるよ		
	江川みさお		
	三枝順		
	佐藤漾子		
	水乃たいち		
	佐藤ひろ子		
	佐藤漾子		
	さとうひろこ		
	渡辺郁子		
	コマミヤロクロウ	日本の郷土伝説から	

掲載年度	雑誌	月号		タイトル
昭和31(1956)年	小学六年生	4月号	純情絵物語	すみれ咲く道
	小学四年生	5月号	外国名作	金持ちになったヴァルデ君
	小学三年生	6月号	日本名作	たこおどりのぼうさん
	小学六年生	6月号		赤い支那ぐつ
	小学三年生	7月号		みこしどこへ行く
	小学三年生	8月号	日本伝説	ぼたもちばなし
	小学六年生	8月号	少女絵物語	さくら貝の歌
	女学生の友	8月号	ふるさとの偉人	まっ白いうそ
	小学三年生	9月号		すみやき長者
	小学六年生	9月号	連載時代小説	鳴門悲曲　第一回
	小学三年生	10月号	日本むかし話	しっぺいくらべ
	小学三年生	11月号	ほんとうにあったお話	ほがらか貯金
昭和32(1957)年	小学三年生	1月号	世界名作	わらったおひめ様
	小学三年生	2月号	日本伝説	七ふくじんのお礼
	小学六年生	4月号	連載時代小説	ふりそでマリア 第一回
	小学五年生	5月号	日本伝説	たけのこと火事
	小学三年生	8月号	日本伝説	とろけてしまったきこり
	小学三年生	増刊		赤十字の父
	小学五年生	10月号	少女小説	美千子のおくりもの
昭和33(1958)年	小学三年生	1月号		おじぞう様とおじいさんとこばん
	小学三年生	増刊		海にさいたはすの花

「少女世界」掲載分

掲載年度	雑誌	月号		タイトル
昭和25(1950)年	少女世界	12月号		青い花
昭和26(1951)年	少女世界	4月号		夜来香
昭和27(1952)年	少女世界	3月号		ガーベラはくれないに
	少女世界	4月号		みやこわすれ
	少女世界	6月号		赤いパラソル
	少女世界	10月号		山羊とコスモス
	少女世界	11月号		魔法の絹
	少女世界	12月号		クリスマスカード
昭和28(1953)年	少女世界	1月号		百花村物語
	少女世界	5月号		湖水の女王
	少女世界	5月号		ユキちゃんのめじろ
	少女世界	7月号	絵ものがたり	七夕物語

「おちゃめ三人組事件」の答

マリ子さんが由美子さんのテニス着をきていたのです。

「二代の手紙」「少女小説とわたし」は、書き下ろし作品です。

本書『青い花』を刊行するにあたり、最大限の調査を行いましたが、
三枝順様の連絡先が未だ不明です。
つきましては、三枝順様の著作権者の方、
あるいは、著作権者に関する情報をお持ちの方は、
編集担当までご連絡くださいますようお願いいたします。

協力／徳島県立文学書道館

デジタルデータ作成／小学館スクウェア
＋LAB4（池永侑身　西里菜摘子　小林常人　小林沙江）
文字データ作成／株式会社昭和ブライト
校正／秦 美華　町田直子
編集／川口弘江

瀬戸内寂聴（せとうち・じゃくちょう）

大正11（1922）年、徳島県生まれ。東京女子大卒。昭和32（1957）年、瀬戸内晴美名義で書いた「女子大生・曲愛玲」にて新潮社同人雑誌賞受賞。昭和36（1961）年『田村俊子』で田村俊子賞、昭和38（1963）年『夏の終り』で女流文学賞を受賞。昭和48（1973）年、平泉中尊寺で得度、法名「寂聴」。平成4（1992）年『花に問え』（谷崎潤一郎賞）、平成8（1996）年『白道』（芸術選奨文部大臣賞）、平成23（2011）年『風景』（泉鏡花文学賞）など、文芸賞多数受賞。平成10（1998）年『源氏物語』の現代語訳（全10巻）完結、平成14（2002）年『瀬戸内寂聴全集』（全20巻）完成。平成18（2006）年、文化勲章受章。おもな著作に『花芯』『かの子撩乱』『美は乱調にあり』『Private JAKUCHOU 素顔の寂聴さん』『死に支度』『わかれ』『求愛』などがある。また、少女や若い女性を支援するNPO法人『若草プロジェクト』の呼びかけ人のひとりとして活動している。

青い花　瀬戸内寂聴少女小説集

2017年10月2日　初版第1刷発行

著　者　瀬戸内寂聴
発行者　福田博章
発行所　株式会社小学館
〒101-8001　東京都千代田区一ツ橋2-3-1
編集 03-3230-5940　販売 03-5281-3555
印刷所　図書印刷株式会社
製本所　株式会社若林製本工場

造本には十分注意しておりますが、印刷、製本など製造上の不備がございましたら、「制作局コールセンター」（フリーダイヤル0120-336-340）にご連絡ください。
（電話受付は、土・日・祝休日を除く、9時30分～17時30分）

　ISBN 978-4-09-388554-6